你的名字。

新海誠

輕文學
Light Literature

第　一　章

夢

懷念的聲音與氣味，依戀的光線與溫度。

我和心愛的某個人緊密地貼合，彼此難分難捨地連結在一起。就像夾在乳房間的嬰兒時期，沒有絲毫不安與寂寞。我尚未失去任何東西，幸福甜美的情感擴散至整個身體。

眼睛突然張開。

天花板。

房間。早晨。

一個人。

東京。

——原來如此。

剛剛在做夢。

我從床上起身。

僅僅在這大約兩秒的時間裡，先前包覆著我的溫暖歸屬感已消失殆盡，不留痕跡，也沒有餘韻。由於太過突然，我還來不及思考就掉下眼淚。

早上醒來時，我有時會不知為何在流淚。

我總是想不起前晚的夢境。

早上醒來時，我盯著右手，食指上沾著小小的水滴。前一刻的夢以及短暫沾濕眼角的淚水，都在不知不覺中乾涸了。

曾經，有過很重要的東西。

在這隻手上。

——搞不懂。

我放棄思考，下了床，走出房間前往洗手間。我邊洗臉邊覺得，自己之前好像也曾為了自來水的溫熱和味道感到驚訝。

我凝視鏡子，帶著些許不滿的臉從鏡子裡回瞪著我。

我看著鏡子綁起頭髮，穿上春天的套裝。

我繫上總算習慣打法的領帶，穿上西裝。

我打開公寓的門。

我關上大廈的門。在我眼前——

總算開始熟悉的東京風景出現在眼前。就如過去自然而然記住各座山峰的名字，現在我也能說出幾棟高樓大廈的名稱。

我穿過擁擠的車站驗票口，下了電扶梯。

我搭上通勤電車，靠在車門望著流動的風景。不論是大樓窗戶、車輛、天橋，街上到處都有許多人。

春季的陰天，天空白茫茫的。一百人搭乘的車廂，載送一千人的列車，一千班像這樣的列車行駛的城市。

不知不覺中，我像平常一樣，一邊望著街道——

一邊尋找唯一的某一個人。

一邊尋找唯一的某一個人。

第二章

開端

沒聽過的鈴聲。

我在朦朧意識中這麼想。

是鬧鐘嗎？可是我還想睡。昨晚我全神貫注地畫畫，直到天快亮才上床。

「……瀧。」

這時聽到有人呼喚我的名字。是女人的聲音……女人？

「瀧、瀧。」

聲音彷彿快要哭出來般急切，宛若遠處閃爍的星星般寂寞而顫抖。

「你不記得了嗎？」

聲音不安地問我，可是我不認識妳。

電車突然停止，車門打開。對了，我正在搭電車。當我意識到的瞬間，發現自己站在擁擠的車廂中，眼前有一雙張大的眼睛。直視著我的少女穿著制服的身影，被下車的乘客推擠，自我身邊遠離。

少女喊：「我的名字是三葉！」

她解開綁頭髮的髮繩遞給我，我不加思索地伸出手。鮮橘色的髮繩彷彿射入昏暗電車中的一道細細夕陽光線。我將身體鑽入人群，用力抓住那道色彩。

這時我醒了過來。

少女聲音的殘響仍舊隱約留在我的耳膜。

……名字是三葉？

我沒聽過這個名字，也不認識那個少女。她的態度非常急切，我想起她那雙快湧出淚水的眼睛、陌生的制服、宛若關係到宇宙命運般嚴肅而凝重的表情。

不過，反正只是個夢，沒有任何意義。此刻我已經想不起那張臉，耳膜的殘響也已經消失。

即使如此……

即使如此，我的心跳仍舊異常劇烈，胸口感覺格外沉重，全身大汗淋漓。我姑且深深吸了一口氣。

吸～

「……嗯？」

是感冒了嗎？鼻子和喉嚨有些怪怪的，空氣流經的通道比平常更窄。胸口異常沉重，說得更明白一點，是物理性質的沉重。我低頭看自己的身體，看到乳溝。

——看到乳溝。

「……嗯？」

豐滿的胸部反射朝陽，白皙的肌膚柔滑光亮。雙峰間沉澱著湖水般青色深邃的影子。

先揉揉看吧。

這是我腦中第一個念頭。這個念頭就如蘋果掉落到地面般，幾乎依循普遍而自動的法則出現。

…………

……

……嗯？

！

太感動了。哦哦哦！這是什麼？我很認真地繼續揉。該怎麼說……女人的身體真是神奇……

「……姊姊，妳在幹嘛？」

我聽到聲音轉頭，看到一個小女孩打開拉門站在那兒。我邊揉胸邊說出老實的感想：

「沒什麼，只是覺得好有真實感……咦？」

我重新審視眼前的女孩，她大概十歲左右，綁了兩條馬尾，眼角有些上揚，一副囂張小鬼的樣子。

我指著自己問：「……姊姊？」

這麼說，這傢伙是我妹妹？

女孩露出傻眼的表情對我說：

「妳在說什麼夢話？吃、飯、了！快點來吃！」

她重重關上拉門，發出「啪」的聲音。這女孩真是凶暴。我從被窩起身，感覺肚子也餓了，這時注意到視野角落的梳妝台。我在榻榻米上走了幾步，來到鏡子前方，把鬆垮的睡衣從肩膀拉下來，睡衣便滑落到地板上，露出赤裸的身體。

我仔細檢視映照在鏡子裡的全身。

黑色流水般的長髮，有幾處因為睡覺時壓到而翹起來。小小的圓臉、彷彿會說話的大眼睛、像是在笑的唇型、細細的脖子和深凹的鎖骨、彷彿在主張「承蒙關照，發育得很健康！」的胸部隆起，然後是隱約浮現的肋骨陰影，以及肋骨下方柔和的腰部曲線。

我雖然沒有親眼看過，但這無疑是女人的身體。

……女人？

我是女人？

先前還籠罩在身上的睡意消失了，我的腦袋頓時清醒，並且立即陷入混亂。

然後，我忍不住大聲尖叫。

＊　＊　＊

「姊姊，妳～好～慢～！」

我打開拉門進入起居室，四葉就用攻擊性的聲音指責我。

「明天我來做飯！」

我用這句話代替道歉。這孩子雖然是個乳牙都還沒全部換齊的小鬼，卻似乎自認比姊姊更可靠。我絕對不能道歉，免得被她抓到把柄。我邊這麼想邊打開電子鍋，把晶瑩剔透的白飯盛入自己碗裡。嗯？會不會太多？算了，沒關係。

「開動～」

我在滑嫩的荷包蛋上淋了滿滿醬汁，和白飯一起放入口中。啊啊啊，好好吃，真幸福……嗯？我的太陽穴一帶似乎感覺到視線。

「……今天很正常。」

「嗯？」

我發現外婆正盯著咀嚼米飯的我。

「昨天真的很誇張！」

四葉也笑嘻嘻地看著我。

「還莫名其妙地發出尖叫。」

尖叫？外婆的視線好像在檢查可疑的物品，四葉的笑容則（一定是）把我當成傻瓜的意思。

「什、什麼？怎麼回事？」

搞什麼？這兩人好像聯合起來，感覺真討厭。

『嗶波啪波～』

位在拉門上端橫木的揚聲器，突然發出暴力般的音量。

『各位鄉親，大家早。』

這聲音是好友早耶的姊姊（任職於鎮公所的地區生活資訊課）。這座糸守鎮是人口只有一千五百人的窮酸小鎮，因此大多數人都彼此認識，或者是認識對方認識的人。

『現在開始播報糸守鎮的晨間通知。』

從揚聲器傳來的聲音在每個詞之間都會停頓，非常緩慢地唸出「現在、開始、播報、糸守鎮的、晨間、通知」。全鎮的戶外也設有揚聲器，所以廣播會在群山之間迴盪，重疊出輪唱般的回音。

這是每天毫無間斷、早晚兩次對全鎮播放的防災廣播。鎮內家家戶戶都有接收器，每天規律地播報各種鎮上活動，譬如運動會日程、聯絡掃雪值班、昨天誰家生了小孩、今天是某某人的喪禮等等。

『針對下個月二十日舉辦的糸守鎮鎮長選舉，鎮上選舉管理委員會——』

噗吱。

橫木上的揚聲器沉默了。揚聲器設在伸手無法搆到的地方，因此外婆直接拔掉插頭。年過八十、總是穿著傳統和服的外婆，以行動表達無言的憤怒，真酷。我邊想邊拿起遙控器，合作無間地打開電視。早耶姊姊的聲音消失後，ＮＨＫ的大姊姊笑容可掬地播報起新聞。

『一千兩百年一度的彗星終於要在一個月之後來臨。屆時連續好幾天，都可以用肉眼觀測到彗星。為了迎接難得一見的天文奇景，ＪＡＸＡ等全球研究機構都準備進行觀測。』

畫面上出現「一個月後肉眼即可觀測到提阿瑪特彗星」的文字，以及模糊的彗星影像。起居室的對話中斷，在ＮＨＫ的播報聲中，只有我們三個女人用餐的聲音，彷彿上課中的悄悄話，發出窸窸窣窣、喀喳喀喳，感覺有些內疚的聲音。

「……差不多該和好了吧？」

四葉突然不識相地發言。

「這是大人的問題！」

我斬釘截鐵地說。沒錯，這是大人的問題。什麼鎮長選舉嘛！不知從何處傳來老鷹「嗶～咻嚕嚕～」的叫聲，聽起來有點愚蠢。

「我們去上學了！」

我和四葉齊聲向外婆道別後走出家門。

夏天山上的鳥叫聲量相當驚人。

我們沿著斜坡走下狹窄的柏油路，爬下幾階石牆階梯便走出山的陰影，迎向直射的陽光。底下是圓形的糸守湖，平靜的湖面映照著朝陽，毫不客氣地反射刺眼的強光。深綠色的山巒、蔚藍的天空、白色的雲，身旁還有一個揹著紅書包的雙馬尾小女孩莫名其妙地蹦蹦跳跳，而我則是穿著短裙、裸露著雙腿的女高中生。我試著想像宏壯的弦樂合奏背景音樂。喔，感覺好像日本電影的開幕場景。換句話說，我們所住的地方就是日本昭和時代風格的鄉村。

「三～葉～！」

我在小學門口送走四葉後，聽見背後傳來呼喚聲，回頭看到板著臉踩著腳踏車的敕使，還有坐在後座笑咪咪的早耶。敕使喃喃抱怨：「快點下車！」「有什麼關係，小氣鬼！」「很重耶！」「真沒禮貌！」兩人從早上就像在上演夫婦相聲般打情罵俏。

「你們感情真好。」

「一點都不好！」

兩人異口同聲說道。他們一本正經地否定的態度實在太好笑，我不禁呵呵笑出來，腦中的背景音樂切換成輕快的吉他獨奏。我們三人是十幾年的老朋友。早耶的個子嬌小，留著齊眉瀏海，綁著兩條辮子；勅使瘦瘦高高的，平頭的髮型有些土氣。兩人雖然好像總是在吵架，可是對話節奏搭配得完美無缺，因此我暗自覺得他們其實是天生一對。

「三葉，妳今天頭髮很正常。」

早耶下了腳踏車，摸著我的髮繩附近嘻嘻笑。我總是梳同樣的髮型：把左右兩邊的辮子繞到腦後，用髮繩綁起來。這是很久以前母親教我的綁法。

「頭髮？什麼意思？」

我又想起早餐時曖昧不明的對話。「今天很正常」的意思，是指昨天不正常嗎？我正努力回想昨天的情況，勅使便擔心地湊過來問：

「對了，妳有沒有請外婆幫妳驅邪？」

「驅邪？」

「一定是被狐狸附身了！」

「啥？」

唐突的言論讓我皺起眉頭。早耶似乎也對他的說法不以為然，替我代言：

「你為什麼一定要扯到靈異事件？三葉一定是累積太多壓力了。對不對？」

壓力？

「呃……等、等一下，你們在說什麼？」

為什麼大家都在替我擔心？我昨天……雖然一時想不起來自己做了什麼，不過應該是很平常的一天才對。

——咦？

真的是這樣嗎？昨天我……

『更重要的是——』

透過擴音器的粗嗓子打消我的疑惑。

道路對面林立著塑膠布溫室，另外還有一座過於寬敞的鎮營停車場。現在停車場內聚集了十幾個人，站在中央手拿麥克風、個子特別高而威風凜凜的人物就是我父親。掛在西裝上半身的布條自豪地寫著「現任．宮水俊樹」。他正在進行鎮長選舉的演說。

『更重要的是持續進行聚落再生計畫。為此必須讓鎮上財政健全化！滿足這些條件，才能打造安全、安心的城鎮。身為現任鎮長，我希望能繼續完成目前的造鎮計畫，並且更加精進！我會以全新的熱情引導這座小鎮，使其成為男女老幼都能安心居住，並且充滿活力的地方社會！我將以嶄新的決心，把這項任務當成自己的使命……』

純熟到專橫地步的演說，簡直就像電視上的政治人物，和這座農田環繞的停車場完全不搭調，讓我覺得很尷尬。聽眾當中有人交頭接耳地說「反正這次一定也是宮水先生當選」、「聽說他撒了很多錢」，使我的心情更加灰暗。

「嗨，宮水。」

「……早安。」

慘了，和我打招呼的是我在班上最不擅長應付的三人組。他們在高中屬於時髦華麗階級，對我們這些樸素類型的同學總是語中帶刺。

「鎮長和搞建築業的。」其中一人刻意看著演說中的鎮長說道。我看到勅使的爸爸滿面笑容地站在我父親身旁，穿著自家建設公司的外套，手臂上戴著「宮水俊樹加油團」的臂章。那個同學看看我又看看勅使，繼續說：

「連他們的孩子都勾結在一起。你們是因為家裡吩咐，所以才湊在一塊嗎？」真蠢。我沒有回答，加快腳步想要離開這些人。勅使也面無表情，只有早耶顯得不知所措而坐立不安。

「三葉！」

突然有人大喊，我差點停止呼吸。真不敢相信！演說中的父親沒有透過麥克風，而是以大嗓門朝我大喊，聽眾也同時轉向我。

「三葉，走路要抬頭挺胸！」

我滿面通紅。太過不近情理的對待差點讓我掉下眼淚。我忍住想要奔跑的衝動，大步離開現場。聽眾當中有人悄悄說：「他對家人也這麼嚴厲。」「不愧是鎮長。」我也聽到班上同學嘲諷地說：「哇，好凶！」「好可憐喔！」

太慘了。

腦中先前的背景音樂不知何時已經消失。我想起這座小鎮如果沒有搭上背景音樂，就只是一個令人窒息的場所。

喀、喀、喀，粉筆在黑板上寫出類似短歌的文字。

莫問彼何人　菊月寒霜露濕身　吾依然待君

「『彼何人（tasokare）』，這是日文裡『黃昏（tasogare）時分』的語源。你們聽過『黃昏時分』吧？」

小雪老師用清脆的聲音說完，在黑板上寫了大大的「彼何人」。

「傍晚，既非白天也非夜晚的時間。人的輪廓會變得模糊，無法辨識對方是誰。在這段時間，有可能遇到非人的鬼怪。因為會遇到妖魔或死者，因此也有『逢魔時刻』的說法。不過更古老的用語還有『彼者為何（karetaso）』或『彼為誰人（kawatare）』。」

小雪老師又寫下「彼者為何」與「彼為誰人」。這是什麼？雙關語嗎？

「老師，我有問題。不是應該稱作『分身（kataware）之時』嗎？」

有人如此發問，我也贊同他的說法。我當然聽過「黃昏時分」，不過提到傍晚，從小最常聽到的還是「分身之時」。小雪老師聽到發問便露出柔和的笑容。說個題外話，這位古典文學老師是一位和這所鄉下高中極不相稱的大美女。

「『分身之時』或許是這一帶的方言吧？我聽說糸守鎮的老人家還保留了古老的萬葉語言（註1）。」

「因為這裡是偏鄉啊！」有男同學這麼說，引來大家的笑聲。的確，外婆有時候也會使用令人懷疑是哪國語言的用語，而且第一人稱還是「儂（washi）」。我邊想邊翻開筆記本，看到原本應該是空白的紙上寫了大大的字。

妳是誰？

……咦？

這是什麼？周圍的聲音好像被這個陌生的字跡吸收，突然變得很遙遠。這不是我的字，我應該也沒有借別人筆記本才對。「妳是誰」……是什麼意思？

「……同學。接下來請宮水同學！」

「啊，是！」

我連忙站起來。小雪老師說「請妳從九十八頁開始唸」，然後看看我的臉又忍俊不禁地加了一句：

「宮水同學，妳今天記得自己的名字呢。」

全班哄堂大笑。咦？這究竟是怎麼回事？

「……妳不記得？」

「……嗯。」

「真的？」

「我都說『嗯』了！」

我回答後猛吸一口香蕉果汁。咕嚕，好好喝。

早耶看我的眼神，彷彿看到很奇怪的東西。

「……妳昨天連自己的座位和置物櫃都不記得。頭髮像剛睡醒一樣亂七八糟，

◆註1：《萬葉集》是日本最古老的和歌集，編纂於八世紀，其中也有收錄古代方言寫作的和歌。

也沒有綁制服緞帶，而且不知道為什麼，心情一直很差的樣子。」

我試著想像那樣的姿態……咦？

「咦~~~妳說什麼？真的假的？」

「三葉，妳昨天好像喪失記憶一樣。」

我連忙試著回想……果然有點奇怪，我想不起昨天的事。不，我記得一些片段的情景。

那是……某個陌生的城市？

鏡子中的是……男生？

我努力喚起記憶。老鷹發出「嗶~咻嚕嚕~」的叫聲，好像把我當傻瓜。現在是午休時間，我們在校園角落喝著紙盒裝的果汁閒聊。

「嗯~我好像一直在做很奇怪的夢……夢中感覺像是在過別人的生活……唔，我不太記得……」

「……我知道了！」

敕使突然大喊，讓我嚇一跳。他把讀到一半的神祕學雜誌《MU》舉到我面前，口沫橫飛地說：

「那一定是前世的記憶！妳們或許會認為這種說法沒有科學根據，那麼就換個說法：以艾弗雷特的多世界詮釋為基礎的多元宇宙連結到妳的潛意識……」

「你閉嘴啦！」早耶毫不容情地斥責，我則大喊：「啊！該不會是你在我的筆記本上亂塗鴉的吧？」

「什麼？塗鴉？」

啊，我好像猜錯了。勅使不是會做這種無聊惡作劇的人，而且，他也沒有犯罪動機。

「呃，沒事，沒什麼。」我取消前言。

「妳說的塗鴉是怎麼回事？妳在懷疑我？」

「我都說沒事了！」

「哇！三葉，妳好過分！早耶，妳聽到了嗎？她竟然冤枉我！去找檢察官！還是應該找律師？喂，這種時候要找哪一種？」

「可是三葉，妳昨天真的很奇怪。」早耶華麗地漠視勅使的控訴。「妳是不是身體不舒服？」

「嗯～真奇怪……難道真的是壓力嗎……」

我重新思考先前得到的各種證詞。敕使又埋頭繼續讀那本神祕學雜誌，彷彿什麼都沒發生過。這種不記恨的態度是他的優點。

「沒錯，一定是壓力！三葉，妳最近應該面臨很多問題吧？」

沒錯。鎮長選舉當然不用提，還有今晚終於要舉行的那個儀式！在這麼小的鎮上，為什麼偏偏我父親是鎮長，外婆則是神社的神主呢？我把臉埋在雙膝之間，深深嘆息。

「唉，我真想早點畢業去東京。這座鎮實在太小、人際關係太緊密了！」

早耶也點頭說：

「我懂，非常明白。我們家母女、姊妹連續三人都負責鎮內廣播，所以我從小就一直被鄰居阿姨稱為『廣播小姐』！可是，我竟然還加入廣播社！真不知道自己到底在想什麼！」

「早耶，等我們畢業之後一起去東京吧！待在這種小鎮，即使長大之後也會原封不動地維持學校的階級關係！我們得從這種舊框架解脫才行！敕使，你也會跟我們一起走吧？」

「嗯？」

正在讀神祕學雜誌的勅使懵懵懂懂地抬起頭。

「……你有在聽我們說話嗎？」

「嗯～還好……我應該會繼續待在這座小鎮，過普通的生活吧？」

「唉～」我和早耶香深深嘆息。這傢伙就是因為這樣才沒有女人緣。雖然說我也沒交過男朋友……

一陣微風吹來。我望向風吹來的方向，看到下方的糸守湖一副漠不關心的樣子，水面安詳平靜。

這座小鎮既沒有書店也沒有牙醫，電車兩小時才一班，公車一天只有兩班，天氣預報不報導，Google Map 的衛星照片直到現在還是馬賽克，便利商店九點就關門，可是店裡卻有賣蔬菜種子和高級農具。

放學途中，我和早耶對糸守鎮的牢騷仍舊沒有結束。

沒有麥當勞也沒有摩斯漢堡，卻有兩間小酒吧；沒有就職機會，也沒有女人要嫁過來，日照時間又短……平常雖然覺得鎮上這種人口過稀的狀況，反而令人感到清爽也頗值得自豪，但今天我們卻非常認真地感到絕望。

敕使原本默默推著腳踏車跟著我們走，忽然按捺不住地開口：

「妳們啊！」

「怎樣？」我們很不高興地問。敕使泛起詭異的笑容說：

「先別討論這個，要不要去咖啡廳？」

「咦……」

「什……」

「什麼！」

「咖啡廳？」

我們異口同聲地大喊。

喀鏘！金屬碰撞聲消失在暮蟬的叫聲中。敕使從販賣機取出罐裝果汁遞給我們。種田回來的老爺爺騎著電動機車，發出「嗡～」的聲音經過我們面前。路過的野狗好像在說「我來陪陪你們吧」，坐下來打了呵欠。

這個咖啡廳不是一般想像的咖啡廳。它不是星巴克或Tully's，或是據說存在於世界上某個角落，提供鬆餅、貝果、義式冰淇淋的夢幻空間。這裡只是鄰近的公車站，設有長椅和自動販賣機，長椅上還貼著三十年前左右的冰淇淋看板。我們三人並肩坐在長椅上，那隻野狗坐在我們腳邊。我們慢慢地喝著罐裝果汁。與其說感覺被敕使騙了，不如說早該預料到會是這樣。

我們聊著無關緊要的話題，譬如：「今天的氣溫比昨天低一度。」「不，我覺得高一度。」之類的。喝完一罐果汁後，我對兩人說：

「那我先回去了。」

「今晚要加油喔！」早耶說。

「我會去看妳的。」敕使說。

「不用來了！不，應該說絕對不要來！」我嘴上警告他們，內心卻在替兩人祈禱：「加油～要成為戀人喔～」我爬了一段石階後回頭，看著兩人以暮色湖面為背景坐在長椅上，偷偷為他們配上抒情的鋼琴曲。嗯，他們果然是天生一對。雖然我接下來必須執行不幸的夜間勤務，不過還是要祝福你們享受青春年華。

「啊～我也比較想做那個。」

四葉發出不平之聲。

「那對妳來說還太早了。」外婆說。

八個榻榻米大的工作室內，毫無間斷地發出線軸碰撞在一起的聲音。

「聽聽線的聲音。」外婆沒有停下手邊的工作，繼續說：「像這樣一直纏著線，慢慢地人和線之間就會有感情流動。」

「啊？線又不會講話。」

外婆無視四葉的反駁，繼續說：「我們的組紐編織──」

我們三人都穿著和服，正在製作今晚儀式中要使用的繩子。自古流傳的傳統工藝「組紐編織」，是把細線編在一起成為一條繩子。完成的組紐編織呈現各種色彩繽紛的圖案，非常可愛。由於這項工作需要一定的嫻熟度，所以四葉的部分由外婆製作，四葉則擔任助手，不斷把線捲到線軸上。

「我們的組紐編織刻印著糸守千年的歷史。妳們學校也應該先教小孩鄉鎮歷史才對。聽好了，距今兩百年前……」

又開始了。我偷偷苦笑。我從小就在這間工作室裡，聽外婆一再提起這段話。

「草鞋店的山崎繭五郎家中浴室失火，將這一帶都燒光了。神社和古代文書也全被燒掉，這就是俗稱的──」

外婆瞥了我一眼。

「『繭五郎的大火』。」

我流利地回答，外婆滿意地點點頭。四葉顯得很驚訝：「什麼？火災還有取名字？」她還喃喃說：「繭五郎先生因為這種事留下名字，真是可憐。」

「也因此，我們這些組紐編織的圖案意義，或是舞蹈的意義都沒有流傳下來，剩下的只有形式。不過即使意義消失，形式也絕對不能消失。刻印在形式中的意義，總有一天會復甦。」

外婆的話帶有歌謠般的獨特拍子。我邊製作組紐編織，邊小聲背誦同樣的語句。刻印在形式中的意義，總有一天會復甦。這就是我們宮水神社的——

「這就是我們宮水神社的重要職責。可是……」

說到這裡，外婆柔和的眼中顯露悲傷的神情。

「可是那個笨女婿……不只拋棄神職離家出走，還去搞政治，真是無可救藥……」

在外婆的嘆息聲中，我也偷偷地小聲嘆氣。我其實也不太確定自己是喜歡或討厭這座小鎮，是想要逃到遠方或是一直和家人朋友在一起。我把色彩繽紛的組紐編織從圓台上拿下來時，發出「喀噠」的寂寥聲音。

夜晚的神社傳來的大和笛樂音，或許會讓都市的居民聯想到恐怖電影吧？例如某某村殺人事件、某某家一族之類凶殺事件發生的舞台。我也懷著「不管是佐清或傑森(註2)都可以，乾脆把我殺掉，讓我解脫吧～」的陰鬱沉重心情，從剛剛就在跳巫女舞。

每年這個時期舉行的宮水神社豐穰祭的主角，很不幸的是我們兩姊妹。這天我穿著筆挺的巫女服、塗著鮮紅色的口紅、戴上垂掛金屬墜子的頭飾，在神樂殿出現在站立的觀眾前，跳外婆教我的舞蹈。先前提到因為火災而失去意義的舞蹈，就是這套雙人對舞。兩人各自拿著繫有繽紛組紐編織的鈴鐺，鏘鏘作響，並且一再繞圈，讓輕飄飄的繩子隨之旋轉。剛剛繞圈的時候，我看到敕使和早耶的身影，明明一再叮嚀，他們竟然還來，讓我的心情沮喪到谷底。我一定要用巫女的力量詛咒他們，並用LINE狂送詛咒貼圖給他們。話說回來，最討厭的還不是這個舞蹈。雖然跳舞也有點丟臉，不過因為從小就在跳，已經習慣了。然而，豐穰祭裡還有另一項年紀越長越覺得丟臉的儀式。在這之後必須進行的那項儀式，怎麼想都是在羞辱女孩子。

唉～真是的。

好～討～厭！

我邊想邊跳舞，舞蹈很快就結束了。啊啊，「那個」終於要開始。

嚼嚼嚼。

嚼。

嚼嚼嚼嚼。

我不斷嚼米。盡可能什麼都不想，不去感受味道、聲音和色彩，只是閉上眼睛不斷咀嚼。一旁的四葉也和我一樣。我們並肩正坐，各自前方都擺著小小的木頭酒盅。面前當然還有觀賞我們的男女老幼觀眾。

◆註2：佐清是橫溝正史推理小說《犬神家一族》的角色。傑森是「十三號星期五」系列電影的殺人狂。

嚼嚼嚼。

嚼嚼。

唉，真是的。

嚼嚼嚼。

差不多該吐出來了。

嚼嚼。

唉。

嚼。

我終於放棄抵抗，拿起眼前的木頭酒盅舉到嘴前，盡可能用巫女服的袖子遮住嘴巴。

然後，唉……

我噘起嘴，把剛剛嚼過的米吐在木頭酒盅裡。吐出來的東西混著唾液，形成黏稠狀的白色液體從口中流出來。好像聽到觀眾在交頭接耳，嗚嗚嗚嗚，我在心中哭泣。拜託，大家不要再看了！

這就是口嚼酒。

嚼過的米混合唾液放置一陣子，會發酵而產生酒精，是日本最古老的製酒方式。這是要供奉給神明的，從前似乎很多地方都有在製作，不過到了二十一世紀，不知道還有哪間神社會繼續做這種事？話說穿著巫女服做這種事，未免太瘋狂了吧？到底有誰會高興？我腦中想著這些問題，但還是很認命地又抓了一把米放入嘴裡繼續咀嚼。四葉也若無其事地做同樣的事。在這小小的木頭酒盅裝滿之前，我們得一再重複這個動作。我再次吐出黏答答的唾液和米，心中再度啜泣。

這時，突然聽到熟悉的聲音。心中湧起漣漪般的不祥預感，我稍稍抬起視線。

——唉。

我忍不住想要炸毀整座神社。時髦華麗階級的三個同班同學果然在那裡。他們露出不懷好意的笑容盯著我，開心地不知道在說什麼。雖然就距離來說不可能聽到他們的談話內容，但我甚至覺得好像聽到：「哇！那種事人家絕對不敢做。」或是「好淫穢喔！」或是「竟然在人前做這種事，一定嫁不出去。」之類的。

畢業之後，我一定要離開這座小鎮，去到很遠的地方。

我在心中非常強烈地發誓。

「姊姊，振作點啦！有什麼關係？只是被學校同學看到而已。我真搞不懂妳為什麼受到那麼大的打擊。」

「真羨慕青春期前的小孩子，講得這麼輕鬆！」

我怒瞪四葉。我們這時已經換上T恤，走出神社社務所的玄關。

豐穰祭之後，姊妹倆今晚最後的工作，是要參加宴請協助祭典工作的附近老先生老太太的宴會。宴會女主人是外婆，我和四葉則負責倒酒和陪客人聊天。

「三葉，妳今年幾歲啦？什麼？十七歲？有這麼年輕可愛的女孩子替我倒酒，爺爺感覺都要變年輕了。」

「請盡量返老還童吧！來，繼續喝繼續喝！」

我用近乎自暴自棄的態度招待客人，感覺筋疲力盡，後來終於有人說「小孩子該回去了」，我們才得以解放。外婆和其他大人仍繼續留在社務所飲酒談笑。

「四葉，妳知道剛剛社務所裡的平均年齡嗎？」

神社參道旁的燈光已完全熄滅，周圍處處傳來給人涼爽印象的蟲鳴聲。

「不知道。六十歲嗎？」

「我在廚房算過，是七十八歲！七十八歲耶！」

「喔。」

「我們離開之後，現在那個空間的平均年齡是九十一歲！簡直就是人瑞，人生的最終階段，陰間使者都可以來接收整間社務所了！」

「嗯……」

因此，我必須早日逃離這座小鎮。這就是我想說的，可是四葉對於姊姊迫切的訴求卻沒有太大反應，似乎在想別的事。看來小孩子是無法理解她姊姊的苦惱。我放棄解釋，抬頭仰望天空。滿天燦爛的星星似乎對地面上的人們毫不關心，超然地閃爍著。

「……對了！」

我們並肩走下神社漫長的石階時，四葉突然大喊，表情好似找到藏起來的蛋糕。她對我說：

「姊姊，妳乾脆做很多口嚼酒來賣，當作去東京的資金！」

我一時無法接話。

「……妳竟然想得出這種怪點子。」

「還可以附上照片和製作過程的影片，取名為『巫女口嚼酒』之類的！一定會大賣吧！」

我有些擔心，九歲就抱持這種世界觀，沒問題嗎？不過想到四葉也是在用她自己的方式替我擔心，就覺得她還是滿可愛的。好，要不要認真考慮口嚼酒販賣事業呢……咦，酒可以隨便販賣嗎？

「姊姊，妳說我這個點子好不好？」

「嗯……」

嗯～

「還是不行！違反酒稅法！」

咦，是這種問題嗎？我自己說完都覺得奇怪，不知不覺就開始往前衝。心中混雜著各種事件、感情、展望、疑問與絕望，感覺胸口要爆炸了。我一步跳過兩階跑下石梯，在樓梯平台的鳥居下方緊急煞車，從喉嚨吸入滿滿的夜晚冷空氣，然後，把心中亂七八糟的雜念連同空氣使勁吐出來：

「我討厭這座小鎮～！我討厭這種人生～！下輩子請讓我成為東京的帥哥～！」

哥～哥～哥～哥……

我的願望迴盪在夜晚的山巒間，彷彿被吸入底下的糸守湖般消失了。脫口而出的話語實在太蠢，讓我的腦袋連同汗水迅速冷卻。

唉，即使如此。

如果神明真的存在。

請祢——

如果神明真的存在，連我自己都不知道該許下什麼願望。

第　三　章

日　常

沒聽過的鈴聲。

我在朦朧意識中這麼想。

是鬧鐘嗎？可是我還想睡，乾脆繼續睡吧。

我閉著眼睛摸索應該放在棉被旁邊的手機。

咦？

我把手伸得更長。這鬧鐘還真吵，我放到哪去了……

「——好痛！」

背重重摔在地上，發出「砰」的聲音。看樣子我好像從床上掉下去，好痛……

等等，床？

我總算張開眼睛，抬起上半身。

咦？

我置身於完全陌生的房間。

昨天睡在別人家裡嗎？

「……這是哪裡？」

我喃喃自語，這才發現喉嚨異常沉重。我反射性地摸摸喉嚨，手指碰到硬硬尖尖的東西。「嗯嗯？」我再度發出聲音，聽起來格外低沉。

我低頭看自己的身體。

……沒有。

身上那件沒看過的T恤垂落至肚子。沒有。

沒有胸部。

毫無屏障的視線看到的下半身中央，則多出某樣東西。那東西強烈的存在感，甚至超過沒有胸部的異樣感。

……這是什麼？

我戰戰兢兢地把手伸向那個部位。全身的肌膚與血液都被吸引過去。

……這是……就位置來說，該不會是……

…………

…………

……

摸到了。

這一瞬間，我差點昏厥過去。

這個男人是誰？

我站在陌生的洗手間，注視著鏡子中的臉。

及眉長度的瀏海約略是六四分邊，介於刻意與隨興之間的髮型感覺有些輕浮。眉毛給人頑固的印象，但一雙大眼睛又顯得有些親和。嘴唇很粗糙，似乎完全沒有保濕的概念。頸部線條感覺很硬，瘦削的臉頰光滑平坦，其中一邊不知為何貼著大大的ＯＫ繃。我戰戰兢兢地伸手去摸，感覺到陣陣疼痛。

可是——雖然會痛，卻無法從夢中醒來。我覺得喉嚨很乾，便打開水龍頭，用雙手接自來水喝。水溫溫的，感覺很不舒服，而且有類似游泳池水的氯味。

「瀧，起床了嗎？」

遠處傳來男人的聲音，我不禁發出小聲的驚叫。誰是「瀧」？

我膽顫心驚地窺視疑似客廳的房間。有個穿西裝的大叔瞥了我一眼，立刻將視線放回餐具上說：

「……今天應該是你負責做早餐吧？竟然睡過頭。」

「對、對不起！」

我反射性地道歉。

「我先出門了。味噌湯還有剩，你把它喝完吧。」

「啊，好的。」

「就算遲到，也要乖乖去上學喔。」

大叔邊說邊把疊起的餐具端到小小的廚房，然後從呆站在門口的我身旁穿過，走到玄關穿上鞋子，打開門離去後又關上門。這一切都在老鷹叫一聲左右的短暫時間內發生。

「……好奇怪的夢。」

我自言自語著重新環顧房間。牆上貼著橋梁、大廈等建築物的照片與設計圖，地板上散落著雜誌、紙袋和紙箱。和宛若老字號旅館般整齊清潔的宮水家（雖然這點要歸功於外婆）相較之下，這個房間感覺像處於無法地帶。隔間很窄，大概是大廈裡的一間房。以夢來說，雖然來源不明，但卻非常逼真，讓我不禁讚嘆自己的想像力原來這麼豐富，將來搞不好可以走美術方面的路。

叮咚！

彷彿在對我吐嘈般，從走廊深處傳來手機鈴聲。我嚇得倒抽一口氣，連忙衝回有床的那間房。手機掉在床單旁邊，畫面上出現簡短的訊息。

你該不會還在家吧？快用跑的過來！　阿司

怎麼回事？「阿司」是誰？

總之是叫我一定要去上學吧？我環顧房間，看到窗戶旁掛著男生制服，取下之後，才發現更緊急的狀態。

啊啊，怎麼辦……

……我好想上廁所……

唉～～～我發出全身都快崩壞的嘆息。

男人的身體到底是怎麼搞的？

雖然勉強通過上廁所的難關，但我的身體仍舊因憤怒而顫抖。為什麼越想要尿出來、越想要用手指固定方向，那裡就會變成更難排出尿液的形狀？是白痴嗎？笨蛋嗎？還是說這個男的特別奇怪？嗚嗚，我以前連看都沒看過耶！好歹我也是個巫女啊！

我因為太過屈辱而低下頭，努力忍住淚水（不，其實忍不住掉了幾顆淚珠），換上制服打開大廈的門。總之，先出門吧。我抬起頭。

這時——

眼前的風景奪走我的視線。

我屏住呼吸。

所站的位置大概是位於高地的大廈走廊。

底下是大片綠地，看起來像一座大公園。天空是鮮豔的天藍色，完全沒有色彩斑駁的地方。藍與綠的交界，矗立著大大小小的建築群，宛若仔細排列的珍藏摺紙作品，每一棟建築上都刻印著有如網目般細小精巧的窗戶。有的窗戶映出藍天，有的窗戶染成綠色，有的窗戶則反射早晨的陽光。遠處可以看到小小的紅色尖塔、令人聯想到鯨魚的圓弧狀銀色大廈，以及彷彿用一整塊黑曜石切割出來的亮黑色高樓。這幾棟建築應該很有名，連我都覺得好像曾看過。遠處還有玩具般的汽車，排成隊伍整齊地流動。

這幅日本最大城市的景象，比我想像的（雖然我也沒有認真想像過它的景象）或是電視、電影中呈現的更美，我不禁深深感動。

——這裡是東京。

我喃喃自語。

世界太過耀眼。我像是在凝視太陽般，邊吸入空氣邊瞇起眼睛。

「你那是在哪裡買的？」

「上完課在西麻布買的。」

「他們下次要替演唱會暖場喔。」

「今天翹掉社團活動去看電影吧？」

「今晚的聯誼有廣告公司的上班族要來。」

這、這是什麼對話？這些人真的是現代日本的高中生嗎？該不會只是唸出名流們臉書上的發文吧？

我半個身體躲在門後觀察教室，窺伺進門的時機。雖然憑智慧型手機的GPS找到路，但還是迷路很久才找到學校，現在已經響起午休時間的鐘聲。

話說回來，這棟校舍——整面玻璃窗搭配清水混凝土，還有色彩鮮豔附圓窗的鐵製門板……這裡是世界博覽會的會場嗎？簡直時髦到詭異的地步。那個名叫立花瀧的男生和我同年紀，卻生活在這樣的世界。我腦中浮現學生證上這傢伙的名字，以及大頭照中滿不在乎的表情，不知為何有些火大。

「瀧！」

「哇！」

突然有人從背後抱住我的肩膀，害我發出不成聲的尖叫。轉身一看，是個戴眼鏡、頗有班長風格（但外型清爽時尚）的男生，他從幾乎碰到瀏海的距離對我微笑。哇～救命！這是我有生以來最接近男生的一刻！

「沒想到你中午才來，我們去吃飯吧。」

這個眼鏡男說完就摟著我的肩膀走在走廊上。等、等一下，你靠太近了！

「你竟敢不理我的簡訊。」他口中雖然這麼說，但沒有生氣。我這才想到：

「阿司……同學？」

「幹嘛加敬稱？表示你在反省嗎？」

我不知該如何回答，總之先悄悄擺脫他的手臂。

「……你迷路了？」

說話的是被稱為「高木」、身材高大、看起來人很好的男生。他毫不掩藏驚愕的表情，大聲問：

「哪有人在上學的路上迷路？」

「呃……」

我一時語塞。我們三人坐在寬敞的樓頂空間角落。現在雖然是午休時間，可是或許是為了躲避夏日的豔陽，周圍只有稀稀落落的人。

「呃……因為，人家（watashi）……」

「人家？」

高木和阿司面面相覷。糟糕，我現在是立花瀧的身分。

「啊，那個，嗯……小女子（watakushi）……」

「咦咦？」

「我（boku）！」

「啥？」

「……我（ore）？」（註3）

嗯。

兩人雖然表情有些狐疑，但還是點點頭。原來如此，要用「我（ore）」自稱，明白了！

「……我太高興了。東京就像祭典一樣，好熱鬧。」

「……你怎麼講話有點腔調？」高木說。

◆註3：「watashi」和「watakushi」是日文中的女性自稱詞，「僕（boku）」和「俺（ore）」則是男性自稱詞。

「咦！」說話有腔調？我不禁臉紅。

阿司問：「瀧，你的便當呢？」

「咦咦？」我沒帶！

我冷汗直流地檢查書包，兩人看我狼狽的樣子便咯咯笑說：

「你是不是發燒了？」

「阿司，你有沒有什麼東西可以分給他？」

「雞蛋三明治。把你那塊可樂餅夾進來吧？」

兩人當場做好雞蛋可樂餅三明治遞給我，我不禁深深感動。

「謝謝……」

兩人無言地對我咧嘴笑。男生竟然可以如此瀟灑又溫柔……啊！不行，三葉，妳不能同時愛上兩個人！雖然我也不會愛上他們……總之，東京太厲害了！

「對了，今天放學後，要不要再去一次咖啡廳？」

高木說話時，我不自覺地凝視著他把飯放入嘴裡的動作。

「嗯，好啊。」

阿司說完喝下寶特瓶中的水，喉嚨部位出現流暢的起伏。嗯？什麼？他們剛剛說要去哪裡？

「瀧，你也會去咖啡廳吧？」

「什麼？」

「去咖啡廳！」

「咖、咖、咖啡廳～？」

我無法壓抑內心的激動，高聲大喊。兩人的眉頭皺得更深，但我無暇理會。這回終於可以洗刷公車站咖啡廳的冤屈！

穿著偶像風服飾的兩隻小型犬乖乖坐在藤椅上，以糖果般的眼睛盯著我，尾巴搖得幾乎快斷掉了。餐桌之間的間隔格外寬敞，驚人的是有一半左右的客人是外國人，而且有三分之一戴太陽眼鏡、五分之三戴帽子，沒有一個人穿西裝，所有人都職業不明。

這是什麼地方？老大不小的成年人在平日的大白天就帶狗來咖啡廳？

「天花板的木格構造很不錯。」

「嗯，感覺下了不少功夫。」

面對這樣超級時尚的空間，阿司和高木卻毫無畏怯的態度，愉快地評論室內裝潢。看來這些男生是因為對建築有興趣而到處去咖啡廳。這是什麼樣的興趣？男高中生的興趣不是看《ＭＵ》雜誌之類的嗎？

「瀧，你決定好了沒？」

阿司催促我，我只好停止觀察店內，低頭閱讀沉重的皮革封面菜單。

「唔……這、這份鬆餅的價錢，夠我生活一個月了！」

高木笑說：「你是什麼時代的人啊？」

「嗯……」

我煩惱了一會兒，忽然想到：對了，這是夢啊，那就沒問題。反正花的也是立花瀧的錢，就選自己喜歡吃的吧！

呼～真棒的夢……

重量級的鬆餅像是被大量芒果、藍莓包圍的要塞。我吃完後深感滿足地啜飲肉桂咖啡。

叮咚。

口袋中的手機響起……這則簡訊怎麼有這麼多憤怒圖案？

「……哇！怎麼辦？我打工遲到了！有個好像是上司的人在生氣！」

高木問：「咦，你今天有排班嗎？」

阿司則說：「那就快去吧。」

「嗯！」我連忙站起來。啊，可是……

「……怎麼了？」

「請問，我的打工地點在哪裡？」

「……啥？」

阿司和高木的反應已不只是傻眼，而是幾近發怒。可是，我真的完全不認識這個男生啊！

「喂，還不能點餐嗎？」

「瀧！你去替十二號桌點餐！」

「我沒有點這道料理。」

「瀧！不是告訴過你，已經沒有松露了嗎！」

「可以結帳了嗎？」

「瀧，你在這裡很礙事，走開！」

「瀧，給我認真點！」

「瀧！」

這是一家義大利料理餐廳，感覺相當高級。

室內是打通天花板的兩層挑高建築，懸掛著亮晶晶的吊燈，只有在電影裡看過的大型風扇在天花板上緩慢旋轉著。立花瀧是戴著蝴蝶領結的服務生，而晚餐時段的這家餐廳簡直就像地獄般忙碌。

我搞錯點餐內容、搞錯送菜桌位，被客人嫌棄、被主廚怒罵，彷彿在濁流中擺盪，一下子往東、一下子往西。拜託，我是第一次來這裡工作耶！而且，我甚至連打工的經驗都沒有！這已明顯是惡夢了吧？討厭，到底什麼時候才能從這個夢中醒來？都是你害的，立花瀧！

「——喂，小弟，過來一下。」

「嗯？啊……好的！」

我差點忽略叫住我的客人繼續往前走，連忙回頭。話說回來，叫我「小弟」，我哪知道是在叫我。

哇，這個人身穿領口敞開的襯衫，戴著金色項鍊和好幾只厚重的戒指，怎麼看都是流氓。不過這種風格的人，在我們小鎮隔壁的地方城市站前一帶也滿多的。和其他明星般光鮮亮麗的客人相比，這種人對我來說或許還比較熟悉一些。他面帶冷笑對我說：

「披薩裡面有牙籤。」

「咦？」

流氓先生拿起最後一片羅勒披薩，切面插著一根牙籤，擺明是自己刺進去的。他該不會是在開玩笑吧？我正猶豫著不知該如何反應，他便以彷彿僵在臉上的笑容又說：

「這個吃進去很危險吧？幸好我發現了……你們打算怎麼處理？」

「呃……」

是你自己插進去的吧——這句話應該是不能說。我只能推起曖昧的笑臉，這時他臉上的笑容卻反而消失了。

砰！他的膝蓋往上撞向桌子，突然發出怒吼：「我在問你要怎麼處理！」

店內的談話聲宛若急凍般靜止，我也僵在原地。

「——先生，請問有什麼問題嗎？」

此時有個女人出現，把我推開。她瞥了我一眼，小聲說：「這裡沒你的事了！」另一個人從後面抓住我的手臂，用拉的把我帶離現場。我回頭看到拉我的是看似前輩的男服務生，他露出擔憂的表情問：「你今天怎麼怪怪的？」眼角瞥見剛剛那個女人向流氓先生深深鞠躬說：「非常抱歉。」店內的談話聲就像轉動音量調節鈕，再度恢復原狀。

我使用像除草機那麼大的營業用吸塵器清理地板。餐廳的營業時間終於結束，吊燈的燈光暗下來，所有餐桌的桌巾都被拆除。工作人員有的在擦玻璃杯，有的在檢查冰箱存貨，也有人在操作收銀櫃台的電腦。

先前替我解圍的那位女生正在擦桌子，我從剛剛就想要向她開口，卻抓不準時機。她的側臉被波浪捲的長髮遮住眼睛，看不出表情，不過擦了唇彩的光亮嘴唇呈現溫柔的微笑。這名女性的手腳修長、腰很細，但胸部很大，整個人感覺很有型。我經過她身邊，瞥見傲人的胸前掛著名牌，上面寫著「奥寺」。好！

「——奧寺小姐。」

我鼓起勇氣開口時，有人從後面敲了我的頭。

「叫前輩！」敲我頭的男人用開玩笑的口吻說完，單手抱著一疊菜單回到廚房。原來要叫「前輩」。好！

「那個，奧寺前輩！剛剛……」

「瀧，你今天真倒楣。」

前輩回頭，直視我的眼睛說話。她有著往上捲翹的長睫毛、可說是美女範本的一雙杏眼，性感的聲音彷彿在背上搔癢，讓人幾乎要反射性地告白：「我喜歡妳！」我感覺自己的臉頰微微泛紅，連忙垂下視線。

「呃，與其說倒楣……」

「那傢伙一定是故意找碴，不過我還是依照工作手冊算他免費了。」

前輩似乎沒有特別生氣。她把抹布翻面後，又去擦其他餐桌。我正想繼續說下去時，另一個女服務生突然喊：

「哎呀！奧寺！妳的裙子！」

「嗯？」

奧寺前輩扭轉上半身低頭看屁股的部位，頓時臉紅。仔細一看，在奧寺前輩大腿上方的裙子上有一道橫向裂縫。前輩發出小小的慘叫聲，把前方的圍裙轉到後面遮住裂縫。

「沒有受傷嗎？」

「好過分！是那個客人做的嗎？」

「之前好像也發生過這種事。」

「這算是惡質騷擾吧？」

「妳記得那個人的長相嗎？」

幾個員工聚集到奧寺前輩周圍，擔心地詢問，前輩一直低著頭。我不敢繼續提剛剛想說的話，只能像個傻瓜呆站著。奧寺前輩的肩膀微微顫抖，眼角似乎泛著些許淚光。

這回輪到我幫助她了。

我反射性地這麼想，不自覺地抓起前輩的手往前走。我聽到後面有人喊：

「喂！瀧，你在幹什麼？」但我並未理會。

綠色是草地，橘色是花和蝴蝶，此外我還想再添加一個圖案。褐色是……嗯，就做刺蝟吧，奶油色可以當成鼻子的部分。

我揪起裙子的裂縫迅速縫合。更衣室的針線盒內不知為何有好幾種顏色的繡線，因此我決定縫補得更講究一點。對於受過外婆訓練的我來說，針線活是最大的強項。

「縫好了！」

我只花五分鐘就縫好裙子，遞給奧寺前輩。

「……咦？這是……」

前輩剛剛被我拉進更衣室，原本顯得狐疑不安，但她的表情迅速轉變為驚嘆。

「瀧，你太厲害了！這樣比原本的還可愛！」

裙子的裂縫是大約十公分的橫線。我在縫合的同時，繡出在草地上嬉戲的刺蝟圖案。裙子是深咖啡色的，小小的裝飾圖案可以當作點綴。而且我覺得像奧寺前輩這樣的時尚美女，反而適合搭配可愛圖案。原本像雜誌模特兒般容貌端正的她，笑起來之後變得像鄰家大姊姊，感覺更有親和力。

「今天很謝謝妳幫我解圍。」

我終於說出口了。

「呵呵。」

前輩溫柔地瞇起大眼睛。

「老實說，我當時有點擔心。你明明很弱，卻很容易跟人起衝突。」

她邊說邊用纖細的手指指著自己的左臉頰，我這才猜想到立花瀧臉上貼ＯＫ繃的理由。

前輩又用有些淘氣的口吻說：

「我比較喜歡今天的你。沒想到你的『女子力』還滿高的。」

我聽了不禁怦然心動。她的笑容實在太強大，令我幾乎想要無償獻出身上所有東西，這也是我今天在東京看到最尊貴的景象。

回程的黃色電車上乘客不多。

我到現在才發覺東京充滿各式各樣的氣味。便利商店、家庭餐廳、擦肩而過的人、公園旁、工地、夜晚的車站、電車車廂，幾乎每走十步就會有不同的氣味。我以前並不知道，原來人類這種生物聚集在一起會散發出如此濃烈的氣味。在這座城市當中，劃過眼前的無數窗戶中的燈光，都代表有人生活在其中。我望著綿延到視野邊際的一棟棟建築，想像它們令人暈眩的數量，以及宛若山脈般懾人的重量，內心莫名騷動。

——立花瀧也是居住在這座城市中的一個人。

我朝著映在電車窗玻璃上的男生稍稍伸出手。雖然也曾覺得他有些可惡，不過這張臉或許不算討厭。我開始對這個男生產生親近感，就好似面對共同度過艱困一天的戰友。話說回來——

「我竟然會做這麼有趣的夢……」

我回到家，再度跳上今天早上醒來的床。

聽我說，我做了這樣的夢喔！是不是很厲害——明天我要告訴敕使和早耶。怎樣？這麼逼真的想像，簡直就像親眼看到的一樣！我搞不好可以成為漫畫家吧？不過我不太擅長畫畫……如果是小說家，應該可以輕鬆勝任。我一定會賺很多錢，到時候大家一起在東京合租房子吧？

我邊想像邊得意洋洋地笑了，躺在床上不經意地拿起立花瀧的手機開始滑。

啊，這傢伙竟然有寫日記。

9／7 和阿司他們去吃ＫＦＣ。
9／6 去日比谷看電影。
8／31 欣賞建築·灣岸篇。
8／25 打工發薪日！

我往前滑動日記標題，不禁佩服他的勤勉，接著又點了相簿，裡面幾乎都是風景照片，次多的則是和阿司及高木一起的合照。他們一起吃拉麵、逛公園，看來真的很要好。牛肉蓋飯店、車站內的蕎麥麵店、時尚的漢堡店、放學路上、大廈間的夕陽、朋友的背影、抬頭看到的飛機雲。

「東京生活真棒。」

我喃喃自語，然後打了個呵欠。

差不多想睡了，不過我還是點開下一張照片。

「啊，奧寺前輩。」

這張照片裡的前輩背對鏡頭在擦餐廳的窗戶，感覺是偷拍的。下一張照片則是前輩發現後，朝鏡頭露出笑容比著V字手勢。

這傢伙或許喜歡奧寺前輩吧……我忽然這麼想。不過，他一定是單戀。前輩是大學生，對她來說高中男生根本是小孩子。

我從床上起身，試著用日記APP新建今天的份，然後輸入一整天的經歷。雖然也發生許多失敗，但最後我和奧寺前輩拉近了距離，打工回家的路上，我們一起從店裡走到車站。我懷著向立花瀧報告與炫耀的心情，把這些事情全部寫在日記中。寫完之後，我再次打了呵欠，忽然想到古文筆記本上的塗鴉。

妳是誰？

腦中自然而然浮現這樣的景象：立花瀧變成我的模樣來到糸守鎮，睡前在我的房間內寫下那些字。真是奇怪的想像，不過感覺具有奇妙的說服力。我從桌上拿起奇異筆，在自己的手心寫下：

三葉。

哈啊……

我打了第三次呵欠。今天真的累了，就像一直沐浴在彩虹中，經歷繽紛且興奮的一天。即使不播放背景音樂，世界仍舊處處閃耀動人。我想像著立花瀧看到自己手上文字而驚訝的樣子，笑了一下後陷入夢鄉。

＊　＊　＊

「……這是什麼？」

我看著自己的掌心喃喃自語。

視線從手上的字移到下方，看到皺巴巴的制服和領帶。我沒換衣服就睡了嗎？

「——這、這、這是什麼？」

這回我不禁叫出來。在早餐桌上，老爸看了我一眼，又迅速漠不關心地低頭看自己的碗。我驚愕地注視著手機，裡面出現我完全沒印象的長篇日記。

……打工結束後，我和奧寺前輩單獨走回車站！這都多虧我的女子力♡

「瀧，今天要不要再去咖啡廳？」

「呃～抱歉，我待會兒要去打工。」

「哈哈，你知道怎麼去嗎？」

「什麼……啊！阿司，該不會是你這傢伙搞的鬼吧？」

我反射性地怒聲質問。老實說我還真希望是這傢伙搞的鬼，但阿司疑惑的表情顯示我猜錯了。沒有人會費這麼大的力氣惡作劇，這點我自己也明白。

我從椅子站起來，不情願地說：

「……沒事，還是算了。拜拜。」

走出教室，聽到高木在背後說：「那傢伙今天怎麼又恢復正常啦？」我不禁打了個哆嗦。奇怪的事情正發生在我身上。

「……怎、怎麼回事？」

我換上餐廳制服後打開更衣室的門，看到三名男性前輩站在面前擋住去路。一名正職員工加上兩名打工的大學生，以布滿血絲、眼泛淚光、感覺不懷好意的眼神瞪我。我緊張地吞嚥口水，前輩用凶狠的聲音說：

「……瀧，你這傢伙竟敢偷跑！」

「快點說明！」

「你們昨天是不是一起回去了？」

「咦……什麼？該不會是真的？我和奧寺前輩……」

難道，那篇日記寫的是真實事件？

「你們後來做了什麼？」

「這……我、我不太記得……」

「別開玩笑！」

正當對方快要抓住我的衣領時，大廳傳來悠閒的聲音：

「奧寺報到～」

奧寺前輩走進來，沒穿絲襪的修長雙腿和從上衣露出來的肩膀閃亮奪目，腳上的繫帶涼鞋踩著悅耳的腳步聲。她以笑臉朝我們打招呼：

「辛苦了～」

「妳好！」

面對這家店中偶像般耀眼的前輩，我們四個男人異口同聲地打了招呼。在這短暫的時間，大家都忘記爭執。這時，奧寺前輩轉身對我說：

「瀧，今天也要請你多多指教喔。」

前輩的口吻甜蜜得好像句尾加了愛心符號。她對我意味深長地眨眨眼，接著消失在門後。我彷彿被熱水澆頭般滿臉通紅，興奮到幾乎想立刻把全店的玻璃杯擦得亮晶晶。

「……喂，瀧。」

彷彿來自地底的陰沉男聲讓我恢復清醒。

——糟糕。

前輩們用哀號的聲音質問我的同時，我在內心思索：

到底是怎麼一回事？大家串通好在開我玩笑嗎？不，不可能。我究竟在不知情的狀況下做了什麼？

「三葉」到底是誰？

「啾、啾。」小鳥今天仍舊發出活力充沛的叫聲。隔著紙門照射進來的朝陽，也像剛誕生般清潔。這是和平常一樣安詳的早晨，可是剛醒來的我手上卻有一行陌生且充滿焦躁感的字跡。

三葉？妳是怎麼回事？妳到底是誰？

這是用極粗的奇異筆寫下的大字，潦草地從手掌寫到手肘。

「姊姊，那是什麼？」

四葉打開拉門站在門口問道，我用表情告訴她：「我才想知道！」妹妹則擺出「反正我也不在乎」的表情。

「妳今天沒摸自己的胸部啦？吃、飯、了！快過來吧！」

她像平常一樣用力把拉門關上，我坐在被窩裡目送她離去。嗯？今天沒有摸胸部？什麼意思？腦中突然浮現喜孜孜揉著自己胸部的我……那、那簡直是變態！

「早安～」

我打招呼走進教室時，班上同學的視線倏地集中到我身上。「咿！」我輕輕倒抽一口氣。怎、怎麼回事？我縮著身子走到窗邊的位子，聽到大家壓低聲音在交頭接耳：「宮水昨天好帥唷！」「我對她有點刮目相看呢。」「可是她的個性是不是變了？」

「大、大家怎麼好像都在看我……」

早耶說：「沒辦法，妳昨天那樣太引人注目了。」

「昨天那樣？」

我邊坐下邊問，早耶既詫異又擔心地盯著我的臉。

——昨天美術課不是畫靜物素描嗎？咦，妳果然不記得了？三葉，妳真的不要緊吧？我和三葉分到同一組，要畫花瓶和蘋果之類莫名其妙的主題，可是，妳卻自顧自地畫起風景素描。這點就算了。後來坐在後面的松本他們又說起壞話。

——啊？妳想知道壞話的內容？嗯～就是鎮長選舉的話題啦。嗯？要我說詳細一點？反正他們就在那邊說，鎮上的行政工作根本只是分配補助金，誰來做都一樣，不過也有些小孩是靠那些錢過活的……真的很無聊。然後妳聽了就問我：「那是在說我吧？」我被問了當然只好回答：「應該是吧。」結果，三葉，妳猜妳做了什麼？妳真的不記得了？妳把放花瓶的桌子朝松本他們踢倒！而且還面帶笑容！松本他們都嚇破膽，花瓶也碎了。全班陷入一片沉默，連我也覺得毛骨悚然！

「這……這……這是怎麼回事？」

我聽了臉色發白，放學後立刻衝回家。四葉和外婆在起居室悠閒地喝茶，我並未理會她們，直接跑回自己房間，打開古文筆記本，首先翻到「**妳是誰？**」的文字，並繼續往下翻。

我全身起雞皮疙瘩，只見翻開的兩頁筆記本上，以同樣的筆跡寫滿密密麻麻的文字。首先是大大的「**宮水三葉**」四個字，周圍畫了很多問號，還有一些關於我的個人資訊。

二年三班／勅使河原♂・朋友・熱愛超自然現象・有點笨不過是好人／早耶香♀・朋友・個性文靜且有點可愛

和外婆與妹妹四葉住在一起／偏僻的鄉下／父親是鎮長／在當巫女？／母親好

像已經過世／父親沒有住在一起／朋友不多／有胸部

然後，以格外大的字體寫下：

「這是什麼樣的人生？」

我盯著筆記本發抖，腦中如淡淡的霧靄升起般，浮現搖曳的東京風景：咖啡廳、打工、男性朋友、和某人一起回家的路……

內心某個角落察覺到不可能發生的結論。

「這……該不會是……」

「這……該不會真的是……」

我窩在房間，抱著不敢置信的心情凝視手機。指尖從剛剛就好像有一半變成其他人的身體，不聽使喚地發抖。我滑著日記ＡＰＰ的紀錄，在自己寫的日記之間，出現好幾個沒看過的標題。

第一次♡在原宿表參道享用帕尼尼三明治！

和兩個男生一起去台場的水族館♡

逛瞭望台和跳蚤市場♡

去霞關♡造訪父親的工作場所！

腦袋某個角落察覺到不可能發生的結論。

該不會是——

我在夢中和這個女生——

我在夢中和這個男生——

互換靈魂？

＊　＊　＊

朝陽從山頂升上來，陽光依序洗滌湖畔的小鎮。早晨的鳥兒，中午的靜寂，傍晚的蟲鳴，夜空閃爍的星星。

朝陽從大廈間升上來，陽光依序照亮無數窗戶。早晨的人海，中午的喧囂，分身之時的生活氣息，夜晚街上的霓虹閃爍。

每一刻，都讓我們一再看得痴迷。

然後，我們逐漸理解。

立花瀧是住在東京、和我同年紀的高中生。

我和住在偏鄉的宮水三葉會不定期互換靈魂，大概每週發生兩、三次，每次都發生得很突然。觸發點是睡眠，原因不明。

互換時的記憶，醒來後會立刻變得不明確，就像是剛剛做了一場清晰的夢。

但我們確實互換了，最有力的證據就是周遭人的反應。

在意識到這是互換靈魂之後，我開始慢慢能記住夢的內容。譬如現在即使在清醒的時候，我也知道有個名叫瀧的男生住在東京。

我現在可以確信，在某個鄉下小鎮住著一個名叫三葉的女生。雖然理由和原理仍舊不明，卻有奇妙的真實感。

我們開始和彼此溝通。方法是碰上兩人互換靈魂的日子，就在手機中留下日記或留言。

我們也嘗試寄電子郵件或打電話，但不知為何都不通。無論如何，能找到溝通方式算是幸運的。我們必須守護彼此的生活，因此訂定了規則。

〈給瀧的禁止事項之一〉

絕對禁止洗澡。

不可以看、不可以摸身體。

坐下的時候雙腳不要張開。

不要和敕使走得太近，他應該和早耶湊成一對。

不要碰其他男生。

也不可以碰女生。

〈給三葉的禁止事項 第五版〉

之前不是說過不准浪費錢嗎？

上學、打工不准遲到！妳該記住怎麼走了吧？

不要用方言。

妳有沒有偷偷洗澡？我好像聞到洗髮精的味道……

不要和阿司黏在一起會被誤會啊笨蛋！

不要和奧寺前輩裝熟，拜託妳了！

明明警告過了，可是讀了三葉留下的日記，我今天也氣得咬牙切齒。

我讀了瀧寫的日記，火大到極點。實在是、實在是……

那個男生……！

那個女生……！

你說你在籃球課大展身手？都跟你說過我不是那種個性了！而且你還在男生面前蹦蹦跳跳？我被早耶罵了，叫我把胸部、肚子和腿藏好！注意男生的視線、小心裙底走光，這些都是人生的基本常識吧？

◀

三葉，妳不要老是吃那麼多超貴的蛋糕！阿司和高木會覺得很奇怪。而且那是我的錢！◀

吃的是你的身體！而且我有在那家店打工！還有，你排太多打工時間了，這樣根本沒時間去玩。◀

還不是因為妳花太多錢！另外，跟外婆做組紐編織那種事，我根本做不來！◀

我在回家的路上跟奧寺前輩去喝茶了！我本來想請客，可是她反而請我，還說「等你高中畢業再請我吧」！我很帥氣地回答：「一言為定。」你們的關係進展得很順利喔，多虧我的功勞♡◀

喂，三葉，妳做了什麼好事？不要擅自改變我的人際關係！◀

瀧，我問你，這封情書是怎麼回事？為什麼會有不認識的男生跟我告白？聽說你還回他「會考慮看看」？

哈哈，妳根本沒有善用自己的條件。把人生交給我，妳會更受男生歡迎吧？◀

不要自以為是，你連女朋友都沒有！◀

妳自己還不是沒有男朋友！◀

不是沒有，只是不想交而已！◀

我也是不想交罷了！◀

＊　＊　＊

這是三葉的鬧鐘鈴聲。

這麼說來，今天又要過鄉村生活——我在半夢半醒間這麼想。太棒了，放學後可以繼續和勅使河原進行咖啡廳打造計畫。對了，然後——

我從被窩坐起上半身，低頭看自己的身體。

最近三葉的防禦變得格外嚴密。以前她睡覺時都沒穿胸罩，只穿一件寬鬆的連身裙，可是今天早上卻穿著緊身內衣，也把襯衫釦子全都扣起來。這是在提防不知何時會發生的互換現象。我當然能理解她的心情，可是……

我把手伸向胸部，照例覺得：今天這是我的身體，摸自己的身體應該沒什麼問題。不，可是，但是……

我放下手，小聲喃喃自語：「……這樣對她過意不去。」

這時，拉門打開。

「……姊姊，妳真的很喜歡自己的胸部耶。」

妹妹只說了這句話就關上拉門，我邊揉胸部邊目送她離開。

……只是從衣服上摸一下，應該沒關係吧？

「外婆～我們家的御神體（註4）為什麼那麼遠啊？」

四葉發出不耐煩的聲音。走在我們前方的外婆頭也不回地回答：

「儂怎知道？都是藺五郎害的。」

藺五郎？

「……誰呀？」我低聲問走在旁邊的四葉。

「咦，妳不知道？他很有名喔。」

有名？鄉下的人際關係真難懂。

宮水家的三個女人──我、外婆和四葉──已經走了快一個小時的山路。聽說今天是要帶供品去給山上御神體的日子。我不禁再度感嘆，她們真像是活在古代傳說裡的世界。

篩濾陽光的楓葉像染過一樣紅。空氣非常乾爽，舒適的風充滿枯葉的氣息。十月。這座小鎮不知不覺已進入秋天。

對了，這位老婆婆不知道幾歲？

我望著眼前小小的背影思考。她即使走這種山路仍舊穿著和服，腳步意外穩

◆註4：神社祭拜的對象，被認為是神所寄宿的形體。

健，但腰卻像畫出來般彎曲，還拄著拐杖。我不曾和老人家一同生活過，所以無從猜測她的年齡和身體狀況。

「對了，外婆！」

我衝向前，跪在外婆前方，背朝著她。這位個子嬌小的老婆婆撫養三葉姊妹長大，還總是準備很好吃的便當。

「不介意的話，我來揹妳吧。」

「哦？妳揹得動嗎？」

外婆雖然這麼說，但還是很高興地把體重交付到我背上。我聞到彷彿很久以前在某人家中聞過的奇妙氣味。有一瞬間，覺得之前好像也曾有過同樣的經驗，心中莫名地感到溫暖。外婆非常輕。

「外婆，妳好輕……哇！」

我（三葉）一站起來，膝蓋就往前彎曲。「姊姊，妳在幹什麼！」四葉邊抱怨邊立刻伸手支援，我這才想起三葉的身體既單薄又纖細，體重也很輕。憑這樣的身體還能活下去，真是不可思議。我不禁有些感動。

「三葉、四葉。」

外婆在我背上緩緩開口。

「妳們知道『產靈（musubi）』嗎？」（註5）

「產靈？」

一旁的四葉問，她把我的背包背在身體前方。從樹木縫隙間可以看到底下的圓形湖泊全貌，我們已經爬到很高的地方。由於背著外婆爬山，導致我（三葉）汗流浹背。

「土地的守護神，古時候稱作『產靈』。這個詞有很深的含意。」

神？怎麼突然提起這種話題？不過外婆的聲音就像《日本傳說故事》的動畫旁白，有種不可思議的說服力。外婆再度開口：

「妳們知道嗎？把線連結在一起是『結（musubi）』，把人連在一起也是『結』，時間的流動同樣是『結』，全都使用同一個詞。這是神明的名字，神明的力量。我們所做的組紐編織亦是神明的技術，展現出時間的流動。」

我聽到潺潺水聲，這附近或許有河谷吧？

◆註5：日文裡「產靈」與「結」同音，都唸作「musubi」。

「聚在一起成形，扭曲、交纏在一起，有時恢復、有時中斷，然後又連結在一起。這就是組紐編織，這就是時間，這就是『結』。」

我自然而然想像出透明的流水畫面。水流碰撞到石頭後分流，和其他水流混合，然後又合流，整體看來是連結在一起的。我雖然完全不了解外婆所說的話，不過好像學到某樣很重要的東西。結——醒來之後，我也要記得這個詞。從下巴滴落的大顆汗珠掉到地面，被乾燥的山路吸收。

「來，喝吧。」

我們在樹蔭稍作休息時，外婆把水壺遞給我。

雖然只是加了砂糖的甜麥茶卻驚人地美味，我連續喝了兩杯。四葉吵著說她也要喝。這或許是我有生以來喝過最美味的飲料。

「這也是『結』。」

「啊？」

我邊把水壺遞給四葉，邊望向坐在樹根的外婆。

「妳們知道嗎？不論是水、米或是酒，只要是把食物放入體內的行為，也叫做『結』。因為進入身體的食物會和靈魂連結在一起。所以說，今天的供奉是宮水一族延續幾百年、連結神明與人類的重要儀式。」

我們不知何時已走出樹林，底下的湖畔小鎮看起來像素描簿那麼大，有一半被雲朵遮蔽。天上的雲層不厚，綻放透明的光芒，在強風吹拂下迅速打散並流動到遠方。周圍是只長了青苔的岩石地形，我們終於來到山頂。

「妳們看，在那裡！」

四葉興奮地跑向前方。我追上她，望著她的視線方向，前方有一片彷彿挖空山頂的窪地，像是破火山口地形，大約有操場那麼大。窪地內是綠色植物覆蓋的濕地，接近中央佇立著一棵很大的樹。

這幅意想不到的風景讓我看呆了。

從山下絕對看不到這一片天然的空中庭園，鄉下實在太酷了！

我們往下走到窪地底部，前方有一條小溪，巨木在小溪對面。

外婆說：「前方就是隱世。」

「隱世？」我和四葉異口同聲問。

「隱藏的世界，就是陰間的意思。」

陰間。外婆的聲音好似在講述傳說故事，彷彿冷風撫過我的背，我感到有些腳軟。這個場所的確瀰漫著一種並非人世的氣息，就像靈峰、靈力景點或遊戲的儲存點之類的。

……應該不至於說，踏入之後便回不來了吧？

「哇啊～到陰間了！」

然而四葉卻發出歡呼聲，濺起水花踩過小溪。小鬼真厲害，又笨又有活力。不過天氣這麼好，風和日麗，小溪的水流也不湍急，如果因為這種事而害怕，實在有點丟臉。為了不讓外婆弄濕身體，我牽著她踩在岩石上渡過小溪。

這時外婆忽然以神祕的口吻說：「如果要回到陽間，就得拿妳們最重要的東西交換。」

「什麼？」我忍不住喊。「等、等一下，怎麼可以過了河才說這種話！」

外婆聽到我抗議，瞇著眼睛笑了。她露出缺牙的口腔，看起來更可怕。

「不用怕，我是指口嚼酒。拿出來吧。」

我和四葉在外婆的催促下，各自從背包掏出小瓶子。這是常在神壇上看到的那種瓶子，材質是亮晶晶的白色陶瓷。瓶身是直徑五公分左右的球形，瓶底是上窄下寬的底座，瓶蓋以組紐編織封印，晃動時可以聽到液體搖晃的聲音。

外婆望著巨木說：「在御神體下方有一座小祠堂，把這個供奉到那裡吧。這個酒是妳們的半身。」

——三葉的半身。

我望著手中的瓶子，據說這是她嚼米所做的口嚼酒。這副身軀和米連結在一起做出的酒，由「我（ore）」來供奉。我心中湧起奇妙的自豪與好像從吵架的隊友腳下接到傳球射門得分般的難為情，朝著巨木走過去。

這或許是我第一次聽到真正的暮蟬叫聲。

我之所以知道這是暮蟬的叫聲，是因為常在電影和遊戲中聽到這種聲音做為傍晚的背景音效。「kana kana kana」的哀戚叫聲在現實中從四面八方傳來，比電影還像電影。

眼前的草叢突然發出「沙沙」的巨大聲響，飛出一群麻雀。我原本以為鳥都停在樹上，因此嚇了一跳，不過四葉卻追逐著麻雀繞圈圈，看來很開心。或許是很接近山村的緣故，風中夾帶著些許晚餐的氣味。我有些驚訝，原來人類生活的氣息如此明顯易懂。

「已經是分身之時了。」

結束一天的活動之後，四葉好似從功課的束縛解脫般，顯得很輕鬆。夕陽宛若聚光燈，從側面照著四葉和外婆，這幅畫面簡直像幅完美的畫作。

「……哇！」

我看到出現在下方的山村風景，不禁發出嘆息。三葉居住的小鎮環繞著湖泊，此刻可以看到全景。鎮上已完全被青色的影子吞沒，只有湖面映出一大片紅色的天空。山坡處處湧現粉紅色的晚霞，家家戶戶做晚餐的炊煙好似一道道又細又高的狼煙。麻雀在小鎮上空飛舞，宛若放學後的塵埃般不規則地閃爍。

「差不多可以看見彗星了吧？」

四葉用手掌遮住夕陽，搜尋著天空。

「彗星？」

我想起早餐時電視上曾播報彗星的話題。從幾天前開始，彗星便接近到肉眼可見的距離，據說今天只要在太陽剛下山時尋找金星的斜上方，就可以看到彗星。

「彗星……」

我又唸了一遍，突然覺得好像有什麼東西被遺忘。我瞇起眼睛尋找西邊的天空，立刻就找到它。在特別明亮的金星上方，出現綻放藍光的彗星尾巴。我覺得記憶深處好像有什麼東西想要竄出來。

對了，這顆彗星……

我以前也曾經……

「咦？三葉。」

突然發現外婆抬頭窺探著我的臉，深邃的黑眼珠底部映照著我的身影。

「——妳現在正在做夢吧？」

！

我突然清醒。掀起的床單無聲落到床下，劇烈跳動的心臟幾乎把肋骨往外撐，但我卻聽不見自己的心跳聲，正覺得奇怪，才逐漸聽見自己的血液流動。窗外傳來清晨麻雀、車子引擎、電車行駛的聲音，我彷彿終於想起自己身在何處，耳朵開始捕捉到東京的聲音。

「……眼淚？」

碰觸臉頰的指尖上沾了水滴。

為什麼？我毫無頭緒地用手掌擦擦眼睛。先前看到的黃昏景色，還有外婆說的話，在這短短的幾秒鐘內就如滲入沙中的水般消失了。

叮咚。

枕邊的手機響起。

我快要到了，今天麻煩你囉♡

是奧寺前輩傳來的ＬＩＮＥ訊息。

到了？什麼意思……這時我突然驚覺：

「該不會又是三葉！」

我連忙操作手機，檢視三葉的留言。

「約會！」

我從床上跳起來，全速換衣服。

明天要和奧寺前輩在六本木約會！十點半，約在四谷車站前。

雖然我很想自己赴約，不過如果很遺憾地變成你去，就懷著感恩的心去玩吧！

幸虧相約見面的地點離家不遠，我以全力奔跑，因此當我氣喘吁吁地抵達、拿出手機確認時，距離約定時間還有十分鐘左右，前輩或許還沒到。雖然是假日上午，不過站前還算熱鬧。

我擦了汗，整理外套領子，在心中默念三次「三葉大笨蛋」，然後為了保險起見尋找前輩的身影……我竟然要和奧寺前輩約會？而且仔細想想，這是我第一次約會。第一次約會的對象，就是那位偶像級、女明星級、日本小姐等級的奧寺前輩？這個難度未免太高了！拜託，從現在開始也好，和我交換吧！三葉大笨蛋！

「瀧！」

「哇啊！」

聽到有人從背後呼喚，令我發出窩囊的叫聲連忙回頭。

「對不起，你等很久了嗎？」

「沒有！啊，不，我等了一會兒！啊，不……」

這是什麼陷阱題？如果說等很久，可能會讓她感到抱歉；說沒等的話，又有可能被認為是遲到了。啊啊，正確答案是哪個？

「呃，這個……」

我焦急地抬起頭，看到奧寺前輩站在眼前微笑。

「！」

我瞪大眼睛。她今天穿著黑色涼鞋、白色迷你褶裙、黑色露肩上衣。耀眼的肩膀和腿部從黑白色調的服裝露出來，搭配幾件金色飾品，像是要謹慎封印住肌膚的魅力。白色的小帽子上別了摩卡色的大蝴蝶結。

她的打扮非常優雅、非常美麗。

「……我剛剛才到。」

「太好了！」

前輩開朗地笑了。

「走吧。」

她勾起我的手臂……啊啊，剛剛有一瞬間，雖然只有短短一瞬間，不過她的胸部碰到我的手臂。我心中湧起想要立刻把街上所有玻璃窗都擦乾淨的衝動。

然而，此刻在洗手間裡，我卻想把頭撞到鏡子上。

「對話根本沒辦法繼續下去……」我深深垂下頭。

約會開始後三小時，我的疲勞度已累積到人生最高點。完全沒想到自己如此欠缺應對女性的技巧。不，不對，我希望這不是事實。都是把毫無準備的我丟進這種狀況的三葉不好。更重要的是，因為前輩太漂亮了。

畢竟連路上擦身而過的行人都會目瞪口呆地看著前輩，然後他們會瞪著走在旁邊的我，露出一副「為什麼會跟這種小鬼在一起」的表情——至少在我眼裡是這樣。我當然也知道自己配不上前輩，事實上，這場約會根本不是我邀的！我真想抓住所有人的肩膀辯解。所以，我完全不知道該聊些什麼。前輩顧慮到氣氛有些尷尬，會主動開口聊天，但這樣貼心的舉動反而讓我不自在，更難以順利接話，實在是惡性循環。

可惡！三葉，妳平常到底都跟前輩聊什麼？

我懷著求救的心情打開智慧型手機，檢視三葉的留言。

……話說回來，你應該沒約會過吧？

所以，接下來是我為你特別準備的精選網站連結！

「哇哦！真的假的？」

這傢伙根本是神啊！我立刻懷著求助的心情打開連結。

連結1：有溝通障礙的我也能交到女朋友。

連結2：一輩子沒有女人緣的你必學的談話術！

連結3：不再討人厭！得到愛的簡訊特集。

……我怎麼覺得，被那傢伙看貶了……

走在美術館中，我總算鬆一口氣。

雖然我對於以「鄉愁」為主題的攝影展沒什麼興趣，不過我很高興可以待在不說話也不會尷尬的空間。奧寺前輩走在我前方兩公尺處，以悠閒的表情欣賞照片並緩緩前進。

富良野、津輕、三陸、陸前、會津、信州……每個地區都有不同的展示區，但是在我眼中，這些鄉村風景看起來都差不多。雖然我也不懂得怎麼欣賞照片——頂多看得出背景是山或海、夏天或冬天之類的差異。照片裡的房子、車站、道路、人，看起來都格外相似，我甚至覺得日本的鄉下不論到哪裡大概都差不多吧？相較之下，「澀谷和池袋」、「赤坂和吉祥寺」、「目黑和立川」這些東京都內的區域更有自己的個性。

然而，當我來到寫著「飛驒」的展示區時，不自覺地停下腳步。

這裡和其他地方不同。

雖然照片主題仍舊相似，我卻覺得自己看過這些景色。山的形狀、道路的曲度、湖泊的大小、鳥居的姿態、田地的排列……就如在體育館散亂的鞋子當中也能立刻找到自己的鞋子，我自然而然地認出這裡，彷彿是小時候每年暑假拜訪的鄉下親戚家——雖然我實際上沒有這樣的經驗，這些照片卻讓我產生奇妙且強烈的既視感。這裡是……

「瀧？」

聽到呼喚，我轉頭看見前輩來到我身旁。我有一瞬間忘記她的存在。

前輩以美麗的笑容對我說：

「瀧，你今天好像變了一個人。」

她像個模特兒般優美地轉身，留下我獨自走開。

失敗了。

今天一整天，我像在勉強應付討厭的功課，只是遵照三葉訂定的約會行程走一趟。我一直想著該如何辯解，沒有思考跟我在一起的前輩心情。明明是我（三葉）邀請前輩的，而且我明明很高興能和前輩在一起，一直期待著如此奇蹟般的一天能夠來臨。

從天橋上可以看到我們剛剛走出來的六本木高樓群。無數窗玻璃反射夕陽，綻放金色光芒。我的視線再度回到默默走在前方的前輩背影。

光鮮亮麗的頭髮、似乎是新買的帽子和衣服，至少在今天或許都是為了我一個人而打扮的。一想到這裡，我就覺得心痛，感覺好像氧氣突然變稀薄而呼吸困難。

我像是拚命掙扎著要把手伸出海面般，思索著該說什麼。

「那個，前輩……」

奧寺前輩沒有回頭。

「……呃，妳肚子餓不餓？要不要找個地方吃晚餐？」

「今天就此解散吧。」

她的語氣像老師般溫柔，因此我不禁很蠢地脫口而出：

「好的。」

前輩終於回頭，但在夕陽中，我看不清楚她臉上的表情。

「瀧……如果我說錯了，先說聲抱歉。」

「好的。」

「你以前曾經有一點點喜歡我吧？」

「咦！」被發現了？為什麼？

「可是，你現在喜歡別的女孩子，對不對？」

「什麼～～？」

我像是被傳送到熱帶雨林中，頓時汗如雨下。
「沒、沒有！」
「真的？」
「沒有！完全沒有那回事！」
「真的嗎？」
前輩狐疑地看著我的臉。喜歡別的女孩？哪有那種女孩！有一瞬間，我腦海中閃過那傢伙的長髮和柔軟的胸部，不過馬上就消失。
「算了。」
前輩用爽快的口吻說完，把臉移開。
「咦？」
「今天很謝謝你，下次打工見！」
前輩揮揮手，很乾脆地留下我離開。我立刻張開嘴巴，又闔上嘴巴，然後又張開一次，但還是說不出話。在這之間，前輩的背影已經走下天橋，消失在站前的人潮中。

我凝視著夕陽，覺得自己好像獨自被遺忘在夏日邊緣。天橋下方的車流毫無歇止，一直聽著車聲，會覺得自己好像站在河流上方的真正橋梁上。手電筒般微弱的夕陽沒入住商混合大樓的水塔後方，我懷著想要挽回某樣東西的熱誠，一直望著夕陽西下的過程。

我覺得自己似乎有別的事情該做，卻想不起具體內容，只想早點再去三葉的小鎮。變成三葉，也等於是和三葉對話。我們在互換靈魂的同時，也以特別的形式連繫在一起。我們交換了彼此的體驗，兩人間存在著「結」。面對三葉，我應該能放心說出今天的經過。「你就是這樣才沒有女人緣。」「都是妳害的，誰叫妳擅自替我做主！」我想要像這樣和她拌嘴。

我打開手機，三葉的留言還有後續。

約會結束的時刻，天上剛好可以看到彗星。

啊~好浪漫！真期待明天♡

不論是我或你去赴約，約會都要加油喔！

彗星？

抬頭看天空，晚霞已經消失，天空中只有幾顆一等星，還有噴射機飛過時傳來的些微聲音。理所當然地，天上沒有彗星。

「她在說什麼？」

我小聲地喃喃自語。基本上，如果有肉眼看得到的彗星接近地球，應該會成為很大的新聞吧。三葉大概是搞錯了什麼。

這時，我內心深處突然產生騷動。

有某樣東西想要從腦中竄出來。

我操作手機，確認三葉的手機號碼，盯著上頭的十一碼數字。互換現象剛發生的時候，我曾好幾次嘗試打過這個電話，卻始終打不通。我點了這個號碼，手機在響起嘟嘟聲之後傳來語音：

『您所撥的號碼現在無人使用，或是沒有開機，或是在沒有訊號的地方……』

我把手機移開耳邊，按下結束鍵。

電話還是不通。算了，反正明天或後天又會和她互換靈魂吧。今天悲慘的結果，只要在下次互換時告訴她就好，關於彗星的事也可以問問她。我如此盤算，終於走下天橋。天上出現淡淡的半月，宛若被人遺忘的物品，孤獨地留在那裡。

然而在這天之後，我和三葉再也沒有互換靈魂。

第　四　章

探　訪

我不停用鉛筆畫畫。

碳粒子沾附在紙張纖維上，線條重疊在一起，原本空白的素描簿逐漸變黑，但我還是無法完全捕捉記憶中的風景。

每天早上，我都在交通尖峰時段搭電車去學校，上無聊的課，和阿司與高木吃便當。走在街上抬頭仰望天空，不知何時天空的藍色變深了，路上的行道樹也逐漸染上色彩。

晚上，我在房間裡畫畫，桌上堆了許多從圖書館借來的山岳圖鑑，並用手機檢索飛驒的山巒照片，尋找和記憶中的風景符合的稜線。我不斷動筆，試圖把風景重現在紙上。

散發柏油路氣味的雨天、高積雲閃閃發光的晴天、強風吹起黃沙的日子，每天早上，我都搭乘擁擠的電車上學。

我也會去打工，有時班表會和奧寺前輩重疊。我盡量直視她、擺出笑臉，用平常的態度說話。我強烈希望自己能夠平等對待每個人。

夜晚有時像酷暑般炎熱，有時則冷到需要穿上外套。不論是怎麼樣的夜晚，每當我畫畫時，感覺就像用毛毯包住頭一樣變得很熱。大顆汗水滴落在素描簿上，使線條暈開。即使如此，我變成三葉時看到的那座小鎮風景仍逐漸成形。

放學、打工結束回家時，我不會搭乘電車，而是步行很長的距離。東京的風景日新月異，新宿、外苑、四谷、弁慶橋端與安鎮坂途中，都在不知不覺中出現一排巨大的起重機，鋼筋和玻璃逐漸往天空延展。在那頂端，是缺了一半的淡淡月亮。

我終於畫出幾張湖畔小鎮的風景畫。

這個週末出發吧。

決定之後，難得感到全身放鬆。我連站起來都嫌麻煩，直接趴在桌上。

在我睡著之前，今天也熱切地祈禱。
然而，我還是無法成為三葉。

＊　＊　＊

我姑且在背包塞入三天份的內衣褲和素描簿。考慮到那邊或許會比較冷，我穿上附大帽子的厚外套，並和平時一樣在手腕綁上幸運繩，然後走出家門。
由於比平常上學的時間還早，電車內很空，不過來到東京車站，站內的人潮依舊川流不息。我排在拉著行李箱的外國人後面，在自動售票機買了一張到名古屋的新幹線車票後，走向東海道新幹線的驗票口。
這時，我不禁懷疑起自己的眼睛。
「你……你們怎麼會在這裡？」
奧寺前輩和阿司並肩站在我前方的柱子旁。前輩咧嘴笑了笑，對我說：
「嘿嘿，我來了！」
……嘿嘿，我來了？妳是賣萌動畫的女主角嗎？

我瞪了阿司一眼，他一副若無其事的樣子看著我，表情好像在問：「有什麼問題嗎？」

「阿司，我拜託你的是替我向家裡隱瞞，還有幫我代班吧？」

我壓低聲音，責問坐在鄰座的阿司。新幹線的自由座幾乎都被穿西裝的上班族占滿。

「我請高木代班了。」

阿司很乾脆地回答，並拿出手機舉到我面前。視訊中的高木舉著大拇指，爽朗地說：『交給我吧！不過要請客喔！』

「每個人都這樣……」我苦澀地喃喃自語。

請阿司幫忙是個失誤。我原本打算只翹今天的課，利用星期五、六、日前往飛驒，昨天還低聲下氣地拜託阿司，說自己有事一定要去見一個人，希望他什麼都別問，替我掩飾這段時間不在家的事。

「我是擔心你才來的。」阿司毫無愧疚地說。「總不能丟下你不管吧？如果你遇到仙人跳怎麼辦？」

「仙人跳？」

這傢伙在說什麼？我皺起眉頭。這時坐在阿司隔壁的奧寺前輩對我說：

「瀧，聽說你要去見網友？」

「啊？也不算網友，只是這樣解釋比較方便……」

昨晚阿司一再追問我要去見誰，我只好模糊不清地回答是要去見在網路社群認識的人。阿司以嚴肅的口吻對前輩說：

「說穿了，大概是交友網站吧。」

我差點把茶噴出來。

「才不是！」

「你最近感覺很危險。」

阿司把 Pocky 的盒子朝我遞過來，表情顯得有些憂心。

「我們會在遠方守護你。」

「我又不是小學生！」

我激烈地反駁，奧寺前輩卻一副「原來如此」的表情看著我，她一定也誤會了。我感覺前途多舛，心情變得很沉重，不過車內廣播悠閒地宣布：『下一站～名古屋～』

我和三葉互換靈魂是某一天突然發生，又突然結束。我百思不解其中的理由，過了幾個星期後，甚至懷疑起那只是非常逼真的夢境。

但是我有證據。三葉留在手機中的日記，無論如何都不可能是我自己寫的；如果只有我自己，也絕不可能和奧寺前輩約會。三葉是確實存在的少女，我的確感受到她的體溫、脈搏、呼吸、聲音、透過眼瞼看到的鮮紅色、傳遞到耳膜的生動聲波。我甚至覺得，如果那樣的她沒有生命，世界上就沒有任何生命存在了。三葉是實際存在的人物。

所以當互換靈魂的現象突然中斷時，我感到格外不安。三葉或許出了什麼事，可能發燒了，搞不好發生意外。就算是我多心，但至少三葉應該也為這樣的事態感到不安。因此我決定直接去找她。可是……

「什麼？你不知道詳細地點？」

我們坐在「飛驒號」特急列車的面對面座位上吃便當，奧寺前輩吃驚地問。

「嗯……」

「線索只有鎮上的風景？也沒辦法和她聯絡？你在搞什麼？」明明是自己要跟來的，為什麼責怪我？我看看阿司，希望他能替我說話。他喝下味噌湯，開口說：

「這種活動主辦人真是誇張。」

「我才不是主辦人！」

我忍不住怒吼。他們根本當成是來遠足的。

前輩和阿司以同樣的表情看著我，像在說：「真是傷腦筋的孩子！」他們憑什麼一副高高在上的姿態？

「算了。」前輩突然笑了笑，信誓旦旦地說：「瀧，你放心吧，我們會幫你一起找。」

「哇～好可愛！瀧，你看你看！」

過了中午，我們總算在地方支線的某個車站下車。前輩看到當地吉祥物，興奮地大喊。這個吉祥物戴著車站員工的帽子、穿著飛驒牛玩偶裝，小小的車站中不斷響起阿司用手機拍照的快門聲。

「真礙事……」

我研究著車站內張貼的鎮上地圖，同時深深確信這兩人絕對派不上用場，我必須設法獨自找到目的地。

我的計畫如下。

由於我不知道三葉居住的小鎮確切的地點，得依據記憶中的風景搭電車到「應該離那裡不遠」的地方。在那之後，只有我畫的風景素描可以當成線索。我打算拿素描給當地居民看看，詢問他們有沒有看過類似的風景，並沿著地方支線逐漸北行。記憶中的風景裡有平交道，所以沿著鐵路找應該是有效的方法。這個方式雖然粗略到稱不上是計畫，但我也想不出其他做法，而且湖畔小鎮應該沒那麼多吧？雖然毫無根據，不過我有自信在晚上以前至少可以打聽到一些線索。我替自己打氣，往前踏出一大步，首先去詢問車站前唯一一輛計程車的司機。

「……還是不行嗎……」

我無力地癱坐在公車站，頭垂得很低。

開始探訪時高漲的自信，此刻已完全萎縮。

最先詢問的計程車司機很乾脆地回答：「嗯～不知道。」接著我又積極地到處詢問，對象包括派出所、便利商店、土產店、民宿、定食店、農家，甚至是小學生，但絲毫沒有成果。白天地方支線的電車班次很少，兩小時才一班，因此無法快速移動。我心想乾脆在公車上問人，鼓起勇氣上了車卻發現乘客只有我們，這時也無心再詢問司機，最後到終點站下車，周圍是完全沒有住家的荒郊野外。在這段路途中，阿司和奧寺前輩玩著文字接龍、撲克牌、手機遊戲、猜拳、吃點心，似乎非常享受遠足時光，最後還在公車上各靠在我兩邊的肩膀上呼呼大睡。

聽到我的嘆息聲，在公車站前猛喝可樂的前輩和阿司紛紛問我：

「什麼？瀧，你要放棄了？」

「你要辜負我們的努力嗎？」

唉～～我吐出深深的嘆息，感覺連肺都要吐出來。這兩人的服裝形成強烈對比，前輩穿著異常講究的正式登山服，阿司則穿著好像只是去附近散步的普通卡其褲。看到他們這身不搭調的裝扮，此刻讓我格外惱火。

「你們根本完全沒幫上忙……」

是嗎——兩人無辜的表情好像是這麼問。

「我要點一碗高山拉麵。」
「我也要點一碗高山拉麵。」
「那我也點一碗高山拉麵。」
「好的，拉麵三碗！」
老闆娘活力充沛的聲音迴盪在店內。
前往下一個車站的路途異常遙遠且毫無收穫，我們在途中發現奇蹟般在營業的拉麵店，毫不猶豫地衝進去。「歡迎光臨！」頭戴三角巾的老闆娘迎接我們的笑臉，如同山難時終於等到的救援隊般充滿光輝。
拉麵也很好吃，雖然和名稱不符，只是普通的拉麵（原本以為會有飛驒牛肉，但只有叉燒），不過吃了麵和蔬菜，身體好像逐漸恢復元氣。我把湯喝得一滴不剩，又喝了兩杯水，終於鬆一口氣。
我問阿司：「今天之內有辦法回東京嗎？」
「嗯……我也不確定。可能會很趕，我查查看吧？」
阿司雖然露出意外的表情，不過還是拿出手機，替我查詢回東京的方法。我對他說了聲「謝謝」。

「……瀧，真的沒關係嗎？」

還沒吃完的前輩隔著餐桌問我，我一時不知該如何回答，只好望向窗外。太陽勉強還掛在山的邊緣，沉靜地照亮縣道旁的農田。

「該怎麼說呢……我覺得自己好像完全搞錯方向。」

這句話有一半是對自己說的。我心想，也許先回東京重新擬定計畫比較好。連照片都沒有，只憑素描要找出那座小鎮未免太困難。我看著手中的素描簿，萌生這樣的想法。畫中以圓形湖泊為中心，周圍遍布隨處可見的民宅，感覺是很普通的鄉村小鎮。畫完時我明明那麼有把握，現在看起來卻只覺得是無名而平凡的風景。

「那是以前的糸守吧？」

咦？我聽到聲音轉頭，瞥見老闆娘的圍裙。她正在替我的空杯子倒水。

「是你畫的嗎？來，給我看看。」

老闆娘從我手中接過素描簿。

「畫得真好。喂，老公，你來看看。」

我們三人目瞪口呆地看著老闆娘朝廚房喊。

「哦，真的是以前的糸守。真懷念。」

「我老公就是糸守出身的。」

從廚房走出來的拉麵店老闆瞇著眼睛看素描。

——糸守……？

我突然想起這個名字，立刻站起來。

「糸守……糸守鎮！沒錯，我為什麼會想不起來呢？就是糸守鎮！那座小鎮在附近嗎？」

夫妻兩人露出詫異的表情，然後疑惑地面面相覷。老闆開口說：

「你……應該知道吧？糸守鎮是……」

阿司突然開口：

「糸守……瀧，你該不會是……」

「什麼？就是彗星新聞中的那座小鎮嗎？」

連奧寺前輩都盯著我問。

「咦……？」

我感到莫名其妙，輪流看著所有人，每個人都以狐疑的臉色看著我。腦中一直想要竄出來的某個黑影開始騷動，增添不祥的氣息。

老鷹的叫聲迴盪在空中，寂寥到令人毛骨悚然。

「禁止進入」的路障綿延不絕，在破裂的柏油路上投射出長長的陰影。

「依據災害防治法前方禁止進入」、「KEEP OUT」、「復興廳」這些文字排列在藤蔓攀爬的看板上。

底下是被巨大力量破壞得四分五裂、幾乎被湖泊吞沒的糸守鎮。

「……瀧，真的是這裡嗎？」

奧寺前輩從後方走來，以顫抖的聲音詢問。我還沒回答，阿司便以故作開朗的聲音回答：

「怎麼可能！我剛剛就說過，一定是瀧搞錯了。」

「……沒有錯。」

我的視線從底下的廢墟移開，環顧四周。

「不只是城鎮，連這座校園、周圍的山，還有這所高中，我都記得很清楚！」

為了說服自己，我必須大聲喊出來。

後方矗立著一棟被煙燻成灰黑色、處處有窗玻璃破裂的校舍。我們所在的地方是糸守高中的校園，從這裡可將湖泊一覽無遺。

「這麼說，這裡就是你在尋找的小鎮？你的網友住在這裡？」

阿司發出乾澀的笑聲，然後大聲說：

「怎麼可能！你應該也記得三年前死了幾百人的那場災難吧？」

聽到這句話，我終於看向阿司的臉。

「……死了？」

我明明看著他的臉，視線卻穿過阿司、穿過後方的高中，被吸入某個地方。我的眼睛應該在看某樣東西，卻什麼都沒看到。

「……三年前——死了？」

我突然想起來。

三年前在東京的天空看到的彗星。掉落在西方天空的無數流星。當時我覺得那幅景象彷彿夢境般美麗，心情相當激昂。

那時候……死了？

——不行。

不能承認。

我試著想要辯解，想要提出證據。

「怎麼會……你們看，這裡還有她寫的日記……」

我從口袋掏出手機。如果拖拖拉拉的，搞不好會永遠沒電——我懷著這種莫名其妙的妄想，焦急地操作手機，叫出三葉的日記。日記確實還在。

「咦？」

我用力揉眼睛。有一瞬間，日記的文字好像蠕動一下。

「……啊！」

一個字，又一個字。

三葉寫的文字化成莫名其妙的亂碼，像蠟燭火焰般閃爍一下消失。就這樣，三葉寫的日記連同標題逐一消失，彷彿有隻看不見的手一直在按刪除鍵。我看著三葉的文章自眼前完全消失。

「為什麼……」

微弱的詢問脫口而出。遠處又聽到老鷹高亢的叫聲。

提阿瑪特彗星以一千兩百年為週期繞著太陽公轉，近期最接近地球的時間是三年前的十月，剛好是現在這個季節。這顆彗星來訪的週期超長，每七十六年可看見一次的哈雷彗星根本無法相提並論，而且半長軸超過一百六十八億公里，規模十分浩大。此外，預測的近地點為十二萬公里左右，比月球距離地球還近。睽違一千兩百年，藍色閃亮的彗星尾巴將再度拖曳在半球狀的夜空，因此全世界都以節慶般的氣氛迎接提阿瑪特彗星。

直至那一刻，沒有人預期到彗星的核心會在地球附近分裂，而且在冰塊覆蓋的表面底下隱藏著直徑約四十公尺的岩塊。破裂的彗星形成隕石，以秒速三十公里以上的毀滅性速度墜落在地表。墜落地點是日本，不幸的是有人居住的糸守鎮。

小鎮那一天剛好舉行秋祭。墜落時刻是晚上八點四十二分，撞擊地點是祭典中舉辦熱鬧夜市的宮水神社附近。

由於隕石墜落，以神社為中心的大範圍瞬間毀滅。破壞不侷限於民宅與森林，更因衝擊力道導致地表大幅凹陷，形成直徑約一公里的坑洞。另外，距離當地五公里的地點在撞擊的一秒後也傳出規模四點八的晃動，十五秒後衝擊波襲來，小鎮有相當廣大的範圍都遭到嚴重損害。最終死亡人數高達五百多人，相當於鎮上人口的三分之一，糸守鎮成為人類史上遭受最嚴重隕石災害的舞台。

由於坑洞鄰接原本就存在的糸守湖，使得湖水流入，最終形成一座葫蘆狀的新糸守湖。

小鎮南側的受害相對較少，但約千名左右躲過一劫的居民，後來也陸續搬出小鎮。不到一年，那座小鎮便難以維持自治體規模，在隕石墜落的十四個月後，糸守鎮名實俱亡。

——這些已是課本上記載的事實，我當然也大致了解。三年前我還是國中生，記得曾經從家附近的高地仰望提阿瑪特彗星。

但是，太奇怪了。

事情兜不起來。

直到上個月，我曾好幾次以三葉的身分住在糸守鎮。

所以我看到的三葉不是住在糸守鎮。

我與三葉的靈魂互換現象和彗星無關。

這樣想才自然，我也希望如此。

但是，當我來到糸守鎮附近的市立圖書館翻閱相關書籍，腦中卻混亂至極。腦海中一直有個聲音悄悄告訴我：「你到過的地方就是這裡。」

《消失的糸守鎮．完整紀錄》。

《一夜之間沉入水底的鄉村．糸守鎮》。

《提阿瑪特彗星的悲劇》。

我把這些厚重的書籍每一本都翻過了。書上的糸守鎮舊照片，怎麼看都是我曾到過的那個地方。這間小學是四葉的學校，宮水神社是外婆當神主的那間神社。寬敞的停車場、兩間並排的小酒吧、倉庫般的便利商店、山路上的小型平交道，當然還有糸守高中，此刻都清晰地存在於我的記憶中。親眼看到那座廢墟後，記憶反而變得更加鮮明。

我感到呼吸困難，心臟不規律地劇烈跳動，遲遲無法平息。

一張張鮮明的照片，似乎無聲地吸入現實感與空氣。

「糸守高中．最後的運動會」。

這是一張照片的標題，一群高中生正在比賽兩人三腳，邊邊的兩人讓我覺得有些眼熟。其中一個女生留著齊眉瀏海、綁著兩條辮子，另一個女生則以橘色髮繩綁著頭髮。

空氣變得更稀薄。

我感覺脖子後方好像流過黏稠溫熱的血液，用手一摸，原來是透明的汗水。

「——瀧。」

抬起頭看到阿司和奧寺前輩站在面前，兩人遞了一本書給我，厚重的封面上以沉重的燙金字體印著：

《糸守鎮彗星災害 死者名冊》。

我翻開書頁，上面刊登著每一區的死者姓名與地址。我用手指劃過文字尋找，不斷翻頁，終於看到熟悉的名字，手指停下來。

勅使河原 克彥（17）

名取 早耶香（17）

「勅使河原和早耶……」

我喃喃自語，阿司和前輩似乎都倒抽一口氣。

然後，我終於發現決定性的名字。

宮水 一葉（82）

宮水 三葉（17）

宮水 四葉（9）

兩人從我背後窺看名冊。

「是……這個女生？你一定搞錯了！因為她……」

奧寺前輩的聲音好像快要哭出來。

「她三年前就已經死了啊。」

為了駁倒這句話，我大聲喊道：

「兩、三個星期之前——」

我感覺呼吸困難，但仍努力吸氣、繼續說話，這回壓低聲音說：

「她才跟我說，可以看到彗星……」

我試圖從「三葉」這幾個字上移開視線。

「所以……」

抬起頭，看到前方黑暗的窗戶映著我的臉。剎那間，我想到：「你是誰？」從腦海深處很遠的地方，傳來沙啞的聲音。咦？你——

——你現在正在做夢吧？

夢？我感到強烈混亂。

我……

到底……

在做什麼？

＊　＊　＊

隔壁房間傳來宴會的聲音。

有人不知說了什麼，引來哄堂大笑及如雷的掌聲，從剛剛開始就不斷重複。我豎起耳朵想知道是什麼樣的聚會，但無論多麼仔細傾聽，卻連一個單字都聽不出來，只知道他們說的是日語。

砰！我聽到巨大聲響，這才發現自己趴在桌上。或許是撞到額頭，感覺到遲來的陣陣疼痛。我已經累癱了。

事發當時的報紙縮印本及過期週刊——不論怎麼讀，腦袋都無法把這些文章讀進去。我也確認了好幾次手機，但三葉寫的日記仍舊連一則也沒有留下，所有痕跡都消失。

我趴在桌上張開眼睛，盯著距離幾公釐的桌面，試著說出這幾個小時以來所做出的結論。

「全都只是夢……」

我不知道自己是否想要相信這個結論。

「之所以會覺得那裡的風景眼熟，是因為無意識地記得三年前的新聞……至於她的存在……」

她是什麼？

「……幽靈？不……全部……」

全部都是我的……

「……幻想？」

我突然清醒過來，抬起頭。

有個東西正在消失。

——她的……

「……她的名字……是什麼？」

咚咚。

突然有人敲門，薄木板門打開來。

「阿司說他要去洗澡。」

穿著旅館浴衣的前輩邊說邊走進來，原本感覺疏離的房間氣氛頓時變得柔和，我感到鬆一口氣。

「那個，前輩……」

我站起身，朝蹲在背包前方的前輩開口。

「我今天一直說些奇怪的話……真的很抱歉。」

前輩很仔細地拉上背包的拉鍊，彷彿在封印某樣東西。她站起來，這般動作在我眼中有點像慢動作影片。

「……沒關係。」

說完，前輩露出一絲笑容搖搖頭。

「很抱歉，只能訂到一間房。」

「剛剛阿司在樓下也說了一樣的話。」

前輩說完，似乎覺得很有趣地笑了。我們面對面坐在窗邊的小桌前。

「我一點都不介意。聽說今晚剛好來了團體客人，所以沒什麼空房。旅館的伯伯說是教師工會的聯誼會。」

接著奧寺前輩又高興地說，洗完澡在休息室時有人請她吃梨子。不論是誰看到這個人，都會想要獻出禮物吧。旅館洗髮精的香氣飄入鼻中，像是遙遠異國的特殊香水。

「哦，糸守鎮原來也是組紐編織的產地。這好漂亮。」

前輩翻閱著糸守鎮鄉土資料的書籍，喃喃說道。這是我從圖書館借來的其中一本書。

「我媽有時會穿和服，所以家裡有幾條……啊，對了。」

我停下拿著茶杯的手，前輩正盯著我的右手腕。

「瀧，你手上戴的也是組紐編織嗎？」

「嗯，這是……」

我把茶杯放在桌上，看著自己手腕。這是我平常戴的幸運繩，纏在手腕上的是比線更粗的鮮橘色繩子。

……咦？

這好像是——

「應該是很久以前有人給我的……我有時候會戴著，當作護身符……」

腦袋再度感覺到刺痛。

「是誰……？」我喃喃說道。

想不起來。

但我覺得，只要追溯這條繩子的來歷，或許能知道什麼。

「……對了，瀧。」

我聽到溫柔的聲音抬起頭，看到前輩擔心的表情。

「你也去洗澡吧？」

「洗澡……好的……」

但我的視線立刻離開前輩，再度落在組紐編織上。如果在這裡鬆手，就再也抓不到──我懷著這樣的心情，拚命搜尋記憶。宴會不知何時已經結束，秋蟲的叫聲悄悄占據整間房。

「……我曾經聽製作組紐編織的人說過……」

那是誰的聲音？溫柔、沙啞、平穩的聲音，就好像在講述傳說故事。

「組紐編織代表時間的流動。扭曲、交纏在一起，有時恢復，然後又連結在一起。這就是時間。這就是……」

秋天的山。河谷的聲音。水的氣味。甜麥茶的味道。

「這就是『結』……」

腦中頓時迸出一片風景。

山上的御神體，還有供奉在神前的酒。

「……如果可以到那裡……」

我從書堆底下拉出地圖，把它攤開。這是原本在雜貨店架上蒙著灰塵的糸守鎮三年前的地圖。地圖上仍然只有一個湖泊。供奉酒的那個地點，應該在隕石災害的範圍以外。

只要到那裡……只要找到那些酒……

我拿起鉛筆，尋找疑似該地點的地形。那裡是神社北方的破火山口地形。我拚命尋找有沒有相符的地點。

好像聽到前輩的聲音從遠處傳來，但我的視線已經無法移開地圖。

……瀧……瀧。

有人在叫我的名字，是女生的聲音。

「瀧、瀧。」

聲音彷彿快要哭出來般急切，宛若遠處閃爍的星星般寂寞而顫抖。

「你不記得了嗎？」

我在此時醒來。

……對了，這裡是旅館，我趴在窗邊的桌子睡著了。拉門的另一邊傳來睡在被窩裡的阿司和前輩的呼吸聲。房間異常安靜，沒有蟲鳴聲或車聲，也沒有風。

我抬起身體，衣服摩擦的聲音格外響亮，讓我緊張了一下。窗外的天空已逐漸泛白。

我看看手腕上的組紐編織，剛剛那個女孩的聲音還依稀留在耳邊。

——妳是誰？

我詢問不知名的女孩，她當然沒有回答。

不過，沒關係。

奧寺前輩、阿司：

我有一個非去不可的地方，請你們先回東京。

抱歉如此任性。我稍後一定會回去。

謝謝你們。

瀧

寫下這樣的留言後，我思索片刻，又從錢包拿出五千圓鈔票，和字條一起壓在茶杯底下。

我即將去尋找未曾謀面的妳。

＊　＊　＊

這個人雖然沉默寡言，表情也很冷淡，但其實是非常親切的人——我看著一旁握住方向盤、肌肉隆起的手，心中這麼想。

昨天帶我們到糸守高中，又送我們到市立圖書館的，也是這位拉麵店老闆。今天我一大早就打電話給他，他仍一口答應我的請求，開車送我。我原本打算如果這個辦法行不通就去路上搭便車，但現在很難想像會有車子願意載我到無人居住的小鎮廢墟。來到飛驒遇到這個人，實在太幸運了。

我在副駕駛座上，從車窗俯瞰新糸守湖的邊緣。半毀的民宅和中斷的柏油路浸在湖水中，湖面上可見突出的電線桿和鋼筋。雖然是異常的景象，但或許是在電視和照片上看習慣了，讓我覺得這裡彷彿一開始就是這樣。所以面對眼前的景象，我不知道該產生什麼樣的感受——是生氣、悲傷、害怕？還是哀嘆自己的弱小？一座小鎮消失，或許是超越普通人理解範圍的現象。我放棄從眼前的風景尋找意義，抬頭看向天空，灰色的雲彷彿是天神放置在我們頭上的巨大蓋子。

車子沿湖北上，直到無法繼續開車往上爬的地方，老闆才拉起手煞車。

「看樣子有可能會下雨。」

他抬頭望著前車窗，低聲說道。

「這座山不算太險峻，不過還是別太勉強，有什麼事一定要打電話。」

「好的。」

「還有這個。」

說完，他將一個很大的便當盒朝我直直遞過來。

「你帶去上面吃吧。」

我不禁伸出雙手接過來。便當沉甸甸的。

「謝、謝謝你……」

謝謝你替我做的一切。為什麼對我這種人這麼親切？啊，對了，拉麵非常好吃

——每一句話都無法隨心所欲地從嘴裡說出來，我只能很小聲地說：

「抱歉，麻煩你了。」

拉麵店老闆瞇起眼睛，取出香菸點燃。他吐了一口煙說：

「我不知道你的狀況，不過你畫的糸守鎮……很不錯。」

胸口突然悶悶的。遠方傳來微弱的雷聲。

我走在宛若野獸走的小徑般不明確的參道上。

有時我會停下腳步，查對寫在地圖上的目的地和智慧型手機的ＧＰＳ。沒問題，我確實朝著目的地接近。周圍的風景感覺也似曾相識，不過我只在夢中爬過一次這座山，沒有太大的自信，因此只能照著地圖行走。

下車後，直到拉麵店老闆離開我的視線範圍，我都深深鞠躬。這時，腦中也浮現阿司和奧寺前輩的臉孔。到頭來，不論是老闆或那兩人都是因為擔心我，才會陪我到這種地方。我的表情一定非常悲慘，大概一直是一張想哭的臉，明顯虛弱到強迫推銷的地步，讓他們無法丟下我不管。

——可不能永遠擺出那樣的表情，不能一直依賴他人伸出的援手。

我望著逐漸可從樹木間看到的新糸守湖，心中強烈地這麼想。這時，突然有大顆雨滴落在臉上。周圍的樹葉發出「啪啦、啪啦、啪啦」的聲音，我戴上外套的帽子往前衝。

傾盆大雨以挖掘泥土般的氣勢不停落下。

可以憑肌膚感覺到氣溫被雨水帶走而迅速降低。

我在小小的洞窟裡吃便當，等候雨勢減弱。便當裡有三個拳頭大的飯糰和豐富的配菜，厚切叉燒和麻油炒豆芽菜很有拉麵店的風格，讓我不禁感到有趣。因為寒冷而發抖的身體，在吃過便當之後恢復熱度。吞嚥咀嚼過的飯粒，會清楚意識到食道和胃的位置。

我想到，這就是「結」。

不論是水、米或是酒，只要是把食物放入體內的行為，就叫做「結」。因為進入身體的食物會和靈魂連結在一起。

那一天我曾下定決心，醒來之後也要記住這件事。我試著說出口：

「……扭曲、交纏在一起，有時恢復，然後又連結在一起。這就是『結』，這就是時間。」

我看著戴在手腕上的幸運繩。

還沒有斷，應該還能連結在一起。

不知何時，樹木消失了，周圍是遍布青苔的岩石。從下方厚重的雲層縫隙間，可以看到葫蘆型湖泊片斷的面貌。我終於來到山頂。

「……找到了！」

出現在我眼前的，確實是破火山口地形的窪地，以及御神體的巨木。

「……真的在這裡！不是夢……」

減弱的雨像淚水從臉頰滑下。我用袖子粗暴地擦臉，走下火山口的斜坡。

記憶中只是小溪程度的水流，現在變得像池塘那麼大，橫亙在我前方。不知是因為這場雨使得水位增高，還是從那場夢到現在，已經相隔了足以使地形改變的時間。不論如何，巨木就在隔著水池的幾十公尺前方。

對岸就是陰間。

好像有人這麼說過。

那麼，這便是三途川。

我把腳踏入水中，發出「啪」的巨大聲響，就像把腳伸進浴缸一樣。這時，我才注意到這塊窪地異常安靜。我邁著沉重的步伐涉過及膝的水，每一步都發出很大的水聲，感覺好像穿著鞋子踩在純白無垢的某樣東西上，把它弄髒了。在我來此之前，這個場所原本處於完全的靜謐中，我直覺到自己是不速之客。體溫再度被冰冷的水吸走，不久，水位已經高達胸口，但我還是設法渡過水池。

這棵巨木的樹根盤據在一整塊大岩石上。

我不太清楚御神體究竟是樹還是岩石，或者兩者糾纏在一起的姿態才是信仰的對象。樹根和岩石的縫隙間有一道小階梯，走下去是約略四個榻榻米大的空間。

這裡比外面更加寂靜。

我用冰冷的手拉開胸前的拉鍊取出手機，確認手機沒弄濕後打開電源。在黑暗中，每一個動作都發出暴力般巨大的聲音。「嗡！」與周遭格格不入的電子聲響起，我打開手機照明燈代替手電筒。

這裡是沒有顏色與溫度的地方。

在燈光照明中浮現的小祠堂呈現完全的灰色調。石造的小祭壇上，並排著兩個十公分左右的瓶子。

「這是我們帶來的酒……」

我輕輕觸摸瓶子表面，不知不覺中已不再感到寒冷。

「這個是妹妹的，然後……」

我確認形狀，抓住左邊的瓶子。拿起瓶子時感覺到些微的阻力，並發出乾燥的「啪哩」聲音。瓶底黏附了青苔。

「這是我帶來的。」

我在原地坐下，把瓶子湊近眼睛，用燈光照亮。原本光亮的陶瓷表面長滿青苔，看起來好像經過了漫長的時間。我說出一直藏在心中的某個想法。

「……我和三年前的她互換靈魂嗎？」

我解開封印瓶蓋的組紐編織，蓋子底下還有瓶栓。

「時間挪移了三年？互換靈魂現象之所以中斷，是因為三年前隕石墜落時，三葉死了？」

拔起瓶栓便聞到些微酒味，我把酒倒入瓶蓋裡。

「她的半身……」

我把燈光移近瓶子。口嚼酒是透明的，漂浮著細小的粒子。浮游粒子反射光線，在液體中閃閃發光。

「『結』。扭曲、交纏在一起，有時恢復，然後又連結在一起。」

我把倒入酒的瓶蓋舉到嘴邊。

「如果時間真的可以恢復……只要再一次……」

讓我進入她的身體——我邊祈禱邊一口喝光，喉嚨吞嚥的咕嚕聲大得驚人。一團熱球通過體內，然後在胃底迸開，擴散到全身。

「……」

然而，沒有任何變化

我靜靜地等了一會兒。

由於不習慣喝酒，我覺得體溫好像有些上升，腦袋有些朦朧而輕飄飄的感覺，不過，也就只有這樣。

……行不通嗎？

我抬起膝蓋站起身，這時，腳下忽然一陣踉蹌，周遭的世界也好像在旋轉。我心想：要跌倒了！

——奇怪。

我明明往後倒，背部卻一直沒有碰到地面。視野緩緩翻轉，不久之後我看到天花板。左手仍舊拿著手機，燈光照亮天花板。

「……彗星……！」

我情不自禁地喊出來。

天花板上畫著巨大的彗星。

刻在石板上的這幅畫非常古老。巨大的掃把星在空中拖著長長的尾巴，紅色與藍色顏料在燈光中閃閃發光。然後，這幅畫緩緩從天花板浮起。

我瞪大眼睛。

彗星的圖案朝著我掉下來。

它緩慢地逼近到我眼前。彗星與大氣摩擦生熱而燃燒，岩塊變成玻璃，像寶石般閃閃發光。就連這些細節我都看得一清二楚。

我往後倒下，頭撞到岩石，而彗星也在同一時間撞到我身上。

第　五　章

記　憶

我不斷墜落。

或是上升。

在上下都搞不清楚的浮游狀態中，我看到彗星在夜空中閃耀。

彗星突然裂開，其中一塊掉下來。

隕石墜落在山間的聚落，導致許多人死亡。地面形成湖泊，聚落遭到毀滅。時間流逝，湖泊周圍又形成聚落。湖水養育了魚，隕鐵則帶來財富，聚落變得繁榮。然後經過漫長的歲月，彗星又來了。星星再度墜落，再度有人死亡。

在這個列島有人居住以來，已經重複兩次這樣的事件。

人類試圖把這件事記下來，流傳給後代子孫。他們使用的是比文字更恆久的記錄方式，把彗星比擬成龍、把彗星比擬成繩子，以舞蹈動作代表分裂的彗星。

又經過漫長的歲月。

我聽到嬰兒的哭聲。

「妳的名字是三葉。」

這是母親溫柔的聲音。

然後伴隨著殘酷的觸覺，臍帶被切斷。

最初兩人是一體的，是連結在一起，但人類就是這樣被剪斷線而呱呱墜地。

「妳們兩個是爸爸的寶物。」

「妳當姊姊了。」

這是年輕夫妻的對話。不久之後，三葉的妹妹誕生。然而彷彿是做為幸福的代價，母親病倒了。

「媽媽什麼時候才會從醫院回來？」

妹妹天真地問，但姊姊已經知道母親再也不會回來。人總會死，但要接受這件事並不容易。

「我們沒辦法救她……！」

父親深深悲嘆。對父親來說，過去不曾有過比妻子更深愛的對象，今後也不會出現。女兒長大後越來越像妻子，在他眼中既是祝福也是詛咒。

「繼續經營神社有什麼用！」

「贅婿憑什麼資格說話！」

父親和外婆的齟齬日益加深。

「我愛的是二葉，不是宮水神社。」

「滾出去！」

父親和外婆已經過了能夠重新排列重要事物的優先順序的年紀。父親無法繼續忍受，離開這個家。

「三葉、四葉，從今天起，妳們就跟外婆一起生活吧。」

在線軸碰撞聲頻頻響起的家中，三個女人的生活開始了。

雖然日子還算平和，然而被父親拋棄的感受，始終在三葉心中留下無法抹滅的痕跡。

——這是三葉的記憶？

我宛若被濁流捲走，暴露在三葉的時間中。

接下來是我也知道的互換靈魂的日子。

三葉的眼睛看到的東京，像陌生的異國般閃耀。雖然我們擁有同樣的器官，卻看到完全不同的世界。

「真好……」

我聽到三葉的低喃聲。

「他們兩個現在應該在一起吧？」

這是我和奧寺前輩約會的日子。

三葉對妹妹說：「我要去一趟東京。」

東京？

當天晚上，三葉打開外婆房間的拉門。

「外婆，我想拜託妳……」

她的長髮一口氣剪短了，我沒有看過這樣的三葉。

「今天好像可以看到最為明亮的彗星。」

敕使河原和早耶邀她去看彗星。

不行，三葉！

我大喊。

從鏡子後方。化作風鈴的聲音。化作吹拂頭髮的風。

三葉，不可以去那裡！

在彗星墜落前，趕快逃離小鎮！

但我的聲音無法傳達給三葉，她沒有察覺到我。

在祭典當天，三葉和朋友一同仰望比月亮更接近地表的彗星。

彗星突然裂開，無數碎片化成閃耀的流星，其中一塊巨大的岩塊成為隕石，墜落地表。

即使是這幅景象，她也只是覺得很美而注視著。

三葉，快逃！

我用最大的聲音呼喊。

三葉，快逃！拜託妳快逃！三葉、三葉、三葉！

然後，星星掉落下來。

第　六　章

重　演

我醒過來。

在醒來的瞬間，我就得以確信。

我彈起上半身，檢視自己的身體。

纖細的手指，熟悉的睡衣，隆起的胸部。

「是三葉……」

我不禁發出聲音。這個聲音，還有細細的喉嚨，以及血液、肌肉、骨頭、皮膚，全都是她的。三葉的一切都具有溫度，都在這裡。

「……她活著……！」

我用雙手抱住自己手臂，眼中湧出淚水。三葉的眼睛宛如壞掉的水龍頭，不斷流下大顆淚珠。淚水的熱度讓我心中充滿喜悅，因而哭得更加厲害。肋骨中的心臟欣喜地跳躍。我彎曲膝蓋，把臉頰貼在光滑的膝頭上。我想要擁抱三葉的整個身體，因此把身體縮成一團。

三葉。

三葉、三葉。

原本可能永遠無法遇見的奇蹟，在超越所有可能性之後，出現在此時此刻。

「……姊姊，妳在幹什麼？」

我聽到聲音抬起頭，看到四葉打開拉門站在那裡。

「啊……妹妹……」

我哽咽地呢喃。四葉也還活得好好的。她呆呆望著一把眼淚、一把鼻涕地揉著自己胸部的姊姊。

「四葉～～！」

我朝四葉跑過去，想要擁抱她。四葉發出「噫」的叫聲，在我鼻尖前方用力關上拉門。

「外婆！不好了、不好了！」

我聽到她邊跑下樓梯邊這麼喊。

「姊姊變得好奇怪！那個人完全壞掉了！」

樓下傳來她對外婆哭訴的聲音。

……真是沒禮貌的小女孩，我可是千里迢迢穿越時空來拯救這座小鎮耶！

ＮＨＫ的大姊姊笑容可掬地播報著新聞。我換上制服走下樓梯。好久沒有感受到穿裙子時這種下半身缺乏依靠的感覺，為了擺脫這種感覺，我刻意張開雙腿站在電視機前盯著螢幕。

『大約一星期前就可用肉眼觀測到的提阿瑪特彗星，預計在今晚七點四十分左右最接近地球，屆時可以看到最明亮的彗星。一千兩百年一度的天文奇景終於來到最高潮，各地都有不同的慶祝方式……』

「……是今晚！還來得及……！」

我喃喃自語，興奮地顫抖。

「三葉，早安。四葉今天已經先出門了。」

我回過頭看到外婆。

「外婆！妳的氣色真好！」

我不禁跑向她。外婆把茶壺放在托盤上，似乎正準備在起居室喝茶。

「嗯？哎呀，妳是……」

她拉下老花眼鏡盯著我的臉，慎重地瞇起眼睛。

「……妳不是三葉吧？」

「怎……」

怎麼可能！我感到心虛，就好像原本以為絕不會被拆穿的罪行露出馬腳。話說回來，這樣或許更方便行事。

「外婆……妳都知道了嗎？」

外婆的表情並沒有太大變化，她坐到和室椅上對我說：

「沒有。只是看到妳最近的模樣，就想起自己在少女時期，也曾經做過不可思議的夢。」

竟然有這種事！這樣一來就很好溝通了！不愧是彷彿《日本傳說故事》中的一家人。我也到桌前坐下，外婆替我倒了茶。她啜飲著茶繼續說：

「那是很奇怪的夢。不，與其說是夢，更像是另外一個人的人生。儂來到完全陌生的城市，變成一個陌生的男人。」

我緊張地吞口水。這和我跟三葉的情況完全相同。

「不過，這種夢在某一天突然結束了。現在只記得自己做過很奇特的夢，至於在夢中變成誰，則已完全從記憶中消失……」

「消失……」

我心中一驚，彷彿被告知宿命的病名。對了，我也曾一度忘記三葉的名字，原本還打算認定這一切都是自己的幻想。外婆滿布皺紋的臉上泛起有些寂寞的神色。

「所以，妳得好好珍惜現在看到的東西。不論如何特別，夢就是夢，醒來之後總有一天會遺忘。儂的母親、儂、還有妳們的母親，都曾經體驗過這樣的時期。」

「這該不會是……」

我忽然想到，這或許是宮水家代代傳承的任務——為了迴避每隔一千兩百年降臨一次的天災，透過夢境和幾年後的人類交流的能力。巫女的任務。宮水家的血統不知何時開始具備的、超越世代傳承下來的警告系統。

「宮水家族的夢，或許都是為了今天！」

我直視著外婆的臉，以強烈的語氣說。

「外婆，聽我說。」

外婆抬起頭，從她的表情很難猜測她對我說的話有何想法。

「今晚會有隕石墜落在糸守鎮，大家都會死掉。」

外婆明顯露出疑惑的表情，皺起眉頭。

——這種事沒人會相信？沒想到那個老婆婆的反應還挺普通的。

我衝下前往高中的路，心中嘀咕。

她能相信互換靈魂的夢，卻懷疑隕石會墜落，這究竟是什麼樣的判斷基準？

現在的時間已註定我上學會遲到，周圍幾乎沒有人影。山中的鳥發出吱吱喳喳的叫聲，鎮上的早晨一如平常安詳。我心想，只能靠自己想辦法了。

「我絕對不會讓任何人死掉！」

我用強烈的口吻說出來，彷彿是要說服自己，並加快奔跑的速度。

距離隕石墜落，只剩下不到半天的時間。

「三葉，妳、妳的頭髮……」

「妳的頭髮怎麼……」

走進教室時，敕使河原和早耶看著我（三葉）的臉呆住了。

「喔，這個髮型？之前的比較好看吧？」

我撥了撥衣領上的鮑伯短髮，三葉不知何時把長髮剪短了。我喜歡的女性髮型是黑色長髮，所以感到很不滿。不，現在還有更重要的問題！

「更重要的是！」

我交互看著明顯深受打擊而張大嘴巴的勅使河原，以及用探尋的眼神看著我的早耶，對他們說：

「這樣下去，大家今晚都會死！」

教室中的喧囂聲突然靜止，全班同學都盯著我。

「等、等等！三葉，妳在說什麼？」

早耶連忙站起來，勅使河原則拉著我的手臂往外走。我被兩人拖出教室，終於稍微恢復冷靜。他們不相信也是理所當然，就如外婆所說，這種事不可能立刻讓人相信。由於難得又發生互換靈魂現象，我興奮到以為一切都能順利進行。

唔～不過這下子或許會很棘手吧？

我原本這麼想，不過對於勅使河原，這種想法看來是杞人憂天。

「……三葉，妳是認真的嗎？」

「當然是認真的！今晚提阿瑪特彗星會裂開，變成隕石，而且隕石有很高的機率會墜落在這座小鎮。我不能說出情報來源，不過是來自很可靠的管道。」

「那真是……天大的災難！」

「什麼？等等，勅使，你幹嘛一臉嚴肅的表情？沒想到你真的這麼笨！」

早耶當然不肯相信。

「妳說妳的消息來源來自哪裡？ＣＩＡ？ＮＡＳＡ？可靠的管道？妳在玩間諜遊戲嗎？三葉，妳到底怎麼了？」

面對個性一本正經的早耶，我使出最後手段，從三葉的錢包掏出所有錢。

「早耶，拜託！我來請客，用這些錢去買喜歡的東西吧！所以至少聽聽我要說的話！」

我用嚴肅的表情向她懇求，早耶驚訝地盯著我的臉。

「那麼小氣的妳，竟然會說這種話……」

咦？原來三葉是這種人？可是她卻毫不客氣地浪費我的錢耶！

早耶嘆了一口氣，似乎放棄爭辯。

「……真拿妳沒辦法……雖然不知道是怎麼回事，不過我就姑且聽聽吧。勅使，腳踏車的鑰匙借我。」

早耶邊嘀咕「這麼一點錢只夠買零食」邊走向校舍入口。太好了，雖然金額不夠，但還是能傳達我的誠意。

「我去一趟便利商店。勅使，你好好盯著三葉。她感覺不太正常。」

就這樣，我和勅使河原潛入目前無人使用的社辦大樓一間教室，開始擬定小鎮的避難計畫。

目標是要在隕石墜落前，將災害範圍內的一百八十八個家庭、約五百人移動到災害範圍外。我首先想到的是利用廣播下達避難通知。

占領首相官邸、占領國會議事堂、占領ＮＨＫ澀谷廣播中心……不，其實只要占領ＮＨＫ的岐阜、高山分局就可以了吧？我們很老套地討論過一輪蠢方案後，又想到並不是鎮上所有人家都會開電視或廣播，而且今晚是祭典，外出的人更多。

我們陷入了苦思，突然，勅使河原大喊：

「可以利用防災廣播！」

「防災廣播？」

「什麼？妳別假裝不知道，鎮上不是到處都有裝揚聲器嗎？」

「哦……就是那個早晚會突然開始播報，說些誰出生、誰舉辦喪禮之類的那個廣播？」

「嗯。不論在家裡或戶外，全鎮的人一定都會聽到防災廣播。可以利用那個來發布指令！」

「可是要怎麼做？那不是從鎮公所廣播的嗎？拜託他們就會讓我們廣播嗎？」

「當然不可能。」

「那要怎麼做？占領鎮公所？雖然說比占領ＮＨＫ的可能性更高……」

敕使河原發出「嘿嘿嘿」的詭異笑聲，在手機輸入一些字。話說回來，這傢伙怎麼好像格外興奮？

「還有這一招！」

我湊上前，看他遞出來的手機螢幕。

是關於無線頻道蓋台的詳細解說。

「……這……真的有辦法？」

敕使河原一臉自豪的表情，得意洋洋地點頭。

「不過，你怎麼會懂得這種事？」

「當然是因為我睡覺前都會幻想，像是破壞小鎮、顛覆學校之類的。大家都一樣吧？」

「呃……」

我感到有些跟不上他的想法，不過這個點子實在是……

「實在是太棒了！一定行得通！」

我說完不禁用力摟住敕使河原的肩膀。

「妳、妳不要靠得這麼近！」

「啥？」

哇，這傢伙竟然連耳朵都紅了。

「怎麼？你在害羞啊？」

我從下方窺探敕使河原的臉，嘻嘻笑著說。三葉，妳也不是簡單的貨色嘛。我邊說「有什麼關係～」邊把身體貼向敕使河原，這算是特別優惠！我們並肩坐在舊沙發上，敕使河原在靠牆的一邊，所以沒有退路。

「喂，三葉，別這樣！」

敕使河原扭動高大的身軀抵抗，這傢伙果然是男生──雖然說我也是男生。接著，敕使河原突然跳上沙發椅背，大聲喊：

「就叫妳別這樣！未婚女孩怎麼可以這麼不知檢點！」

「啊……？」

他連平頭的頭皮都紅了，全身冒汗，眼中幾乎飆淚。

「哈、哈哈哈！敕使，你真是……！」

我忍不住笑出來。

這傢伙絕對是值得信賴的好人。

雖然我之前也一直把這些人當作朋友，不過，現在更想以男生的身分實際來見他們、和他們聊天。我和三葉、敕使河原、早耶，如果再加上阿司、高木和奧寺前輩，一定很有趣。

「對不起啦，敕使。你願意相信我，我一時高興忍不住～」

我憋著笑意，看著敕使河原氣呼呼的臉。

「我們可以繼續來討論避難計畫嗎？」

我笑咪咪地問他。他雖然仍舊紅著臉，不過還是一本正經地點頭。

這件事結束之後，我也要來找這傢伙——我懷著有些憧憬的心情這麼想。

「炸、炸、炸……炸彈？」

早耶吃著透明塑膠盒裡的小蛋糕，驚訝地問。

「正確地說，是含水炸藥，大概類似矽藻土炸藥吧？」

敕使河原邊嚼著洋芋片邊得意地說，我也不停吃著巧克力球。桌上擺滿早耶買回來的大量便利商店食物，感覺有點像在舉辦派對。在這樣的氣氛中，我和敕使河原攤開地圖，把我們精心研擬的避難計畫告訴早耶。我真想播放鼓舞士氣的背景音樂，像是有點瘋狂、作戰會議風格的 Pop'n Music 遊戲音樂。

敕使河原喝了五百毫升紙盒裝的咖啡牛奶，繼續說：

「我爸公司的倉庫裡有很多建築工程用的炸藥，只要別管事後被發現的問題，不管是需要多少炸藥我都能準備。」

「接下來是……」

我邊說邊撕開菠蘿麵包的袋子。感覺肚子特別餓，而且以三葉的身體吃下的食物似乎格外美味。

「劫、劫、劫……持廣播頻道？」

早耶又發出驚訝的聲音。敕使河原咬著咖哩麵包說明：

「像這種鄉下的防災廣播，只要知道傳送頻率和啟動用的重疊頻率，就可以輕鬆占用。因為它的機制是把聲音重疊在特定頻率，啟動廣播揚聲器。」

我單手拿著菠蘿麵包接著他的話說：

「所以即使是從學校的廣播室，也可以向鎮上播放避難指示。」

我指著糸守鎮的地圖。地圖上以宮水神社為中心，畫出直徑約一點二公里的圓。我用手指繞著這個圓圈說：

「這是預期的隕石災害範圍。看，糸守高中在圓圈外側。」

我敲打高中所在的地點說道。

「所以，只要引導鎮民到校園避難就行了。」

早耶戰戰兢兢地開口：

「這……根本是犯罪行為吧？」

她雖然這麼說，但沒忘記把留到最後的草莓放入嘴裡。我冷酷地說：

「如果不使用相當於犯罪的手段，不可能引導這麼大範圍的人。」

說完，我用手掃開撒落在地圖上的巧克力球。沒錯，即使是犯罪也沒關係，我一定要把這個圓圈裡的人都移到外面。

「三葉，妳好像變了一個人……」

我笑了笑，大口咬下菠蘿麵包。使用這個身體時，我說話的方式會不自覺變得女性化，但現在已經放棄假扮成三葉。只要這些人到最後能夠平安無事，剩下的我都不在乎。只要活著，總會有辦法。

我笑咪咪地對早耶說：「廣播就由妳來負責吧！」

「為什麼！」

「妳是廣播社的吧？」

敕使河原也說：

「而且妳姊姊是鎮公所的廣播人員，妳去設法問出無線電的頻率。」

「什麼？怎麼可以隨便……」

敕使河原無視早耶的抗議，喜孜孜地指著自己說：

「我負責炸藥！」

我也指著自己說：「我去見鎮長。」

「什麼？」早耶大吃一驚。敕使河原繼續說明：

「照剛剛提到的辦法，我們應該可以製造出避難的契機。不過，最後必須請鎮公所的消防隊出馬，否則不可能移動一百八十八個家庭。」

我接著說：「所以才需要說服鎮長。由身為女兒的我出面好好談，他應該能夠理解。」

「這個計畫太完美了……！」

敕使河原雙手抱胸，很滿意地點頭稱讚自己。我也有同感。雖然是有些粗暴的方式，但應該沒有別的手段。

「唉……」

早耶不知道是感嘆還是傻眼，目瞪口呆地看著我們。

「雖然很佩服你們想得這麼周延……可是，畢竟只是假設的情況吧？」

「咦？」

討論到這裡才聽到這個意外的問題，讓我一時語塞。

「不……不能說是假設……」

只要早耶不答應，這個計畫就不可能成功。我思索著該怎麼說服她才好。

「那可不見得！」

敕使河原突然大喊，舉起手機畫面給我們看。

「妳們知道糸守湖是怎麼形成的嗎？」

我和早耶以鬥雞眼盯著畫面，手機顯示的網站似乎是鎮上的官網，標題的大字寫著「糸守湖的由來」，另外還有「一千兩百年前的隕石湖」、「在日本相當罕見」等文字。

「是隕石湖！這裡至少曾經掉過一次隕石！」

敕使河原得意洋洋的表情和話語，彷彿在我腦中嵌入某樣東西。我還沒有弄清楚那是什麼就開口說：

「沒錯，就是這樣！所以……」

——所以那裡才會有彗星的圖。

我想到提阿瑪特彗星來訪的週期是一千兩百年，而糸守湖是一千兩百年前形成的隕石湖。隕石和彗星來訪一樣，每隔一千兩百年墜落一次。這是預期中的天災，也因此是可以迴避的災害。那幅圖既是訊息，也是警告。

我覺得好像得到意想不到的友軍，無法按捺內心的激動。這一切都是一千多年前就準備好的！

「太棒了，勅使！」

我忍不住伸出拳頭，勅使河原也喊著「喔！」伸出拳頭與我相碰。

行得通，一定行得通！

「我們一起行動吧！」

我和勅使河原朝早耶異口同聲地喊。

「……妳在說什麼？」

沙啞沉重的聲音，令人聯想到拿剪刀剪入厚厚的瓦楞紙。

我越來越焦急，為了避免被駁倒而提高聲量說：

「我是說！為了安全起見，應該叫鎮民避難……」

「妳稍微安靜點。」

他的聲音不大，卻立刻止住我繼續說話。

三葉的父親宮水鎮長疲倦地閉上眼睛，往後靠向鎮長室的皮椅椅背，厚厚的皮革發出「唧唧」的摩擦聲。接著他緩緩吁氣，望向窗外。樹葉的陰影在午後晴朗的陽光中搖晃。

「彗星會分裂成兩半墜落在鎮上？五百多人有可能會喪命？」

他用指尖敲打桌面，隔了好一會兒才終於看我。我的膝蓋後側在冒汗。這時才知道，三葉在緊張的時候那裡會冒汗。

「我知道這種事令人難以置信，不過我是有根據的……」

「不要在我面前開玩笑！」

鎮長突然怒吼。他深鎖眉頭，喃喃自語：「狂言妄語是宮水家的血統嗎？」然後把視線射過來，低聲對我說：

「三葉，如果妳是認真的，那妳一定生病了。」

「什麼……」

我無法繼續說下去。僅僅三十分鐘前在教室裡的自信，此刻已蕩然無存。我開始感到不安，覺得自己完全搞錯方向。不，不對。這不是幻想，我也沒有生病。我……

「我替妳叫車。」

鎮長突然轉為擔心的語氣，拿起電話筒。他按下通話鈕，撥了電話對我說：

「妳去市內的醫院看個醫生吧，在那之後我再聽妳說。」

這句話讓我渾身不舒服。這傢伙竟然把我——把自己的女兒當成病人看待。了解這一點後，我感覺全身宛如凍結般冰冷，只有腦袋像起火般發熱。是怒火。

「——別把我當傻瓜！」

我大喊。鎮長睜大的雙眼近在眼前，我這才發現自己揪住他的領帶。電話筒掉在桌子旁邊，微微傳出電話沒有接通的「嘟～嘟～嘟～」聲響。

「……啊！」

我鬆開手，鎮長的臉緩緩遠離。宮水鎮長張著微微顫抖的嘴，不知是驚訝還是困惑。我們兩人都盯著對方，我全身的毛孔張開、冒出冷汗。

「……三葉。」

鎮長像是要擠出空氣般開口。

「……不對……妳是誰？」

這句話顫抖著說出口，彷彿乘風鑽進來的昆蟲，一直伴隨著擾人的感覺留在我耳中。

不知何處隱約傳來榔頭的敲打聲。

正午和傍晚間的時刻，這座小鎮顯得過於靜謐，連遠處的聲音都乘風傳來，鏗鏗、鏗鏗。我走出鎮公所，緩緩走在俯瞰湖面的坡道上，想像伴隨敲打聲刺入堅硬木頭的釘子。鐵釘被推入黑暗狹窄的木頭中，總有一天會生鏽。我望著排列在路邊的木造燈籠，模糊地想，大概是神社在替秋祭做準備吧。

「待會兒見！」

我聽到小孩的聲音抬起頭。

揹著書包的小學生在斜坡上朝彼此揮手。

「嗯，待會兒一起去看祭典。」

「約在神社下面見吧！」

和朋友道別後，男孩與女孩朝著我的方向跑下來。他們大概是小學中年級生，和四葉差不多年紀。

——墜落地點是神社。

「不能去！」

我情不自禁地抓住正要跑過我身旁的男孩肩膀。

「快逃出這座小鎮！也這麼告訴你的朋友！」

被我抓住的陌生小孩頓時露出恐懼的表情。

「妳、妳要幹嘛？」

他用力推開我，讓我恢復清醒。

「姊姊！」

我聽到聲音轉頭，看到揹著書包的四葉擔心地跑下來，那兩個小孩則一溜煙地逃走。這樣根本不行，我簡直像是可疑人物。

「姊姊，妳剛剛對那些小孩做什麼？」

四葉撲向我，抓住我的雙手抬頭發問。

——可是，我接下來該怎麼辦？

我看著四葉的臉，她不安地等著我回答。如果是三葉的話……我喃喃說出心中浮現的想法：

「如果是三葉的話……就能說服大家嗎？難道我不行嗎？」

四葉顯得很困惑，但我沒有解釋就對她說：

「四葉，傍晚之前帶外婆離開鎮上！」

「啊？」

「留在這裡會死掉！」

「什麼？姊姊，妳到底在說什麼？」

「這是很重要的事！」

四葉不理會我的回答，像要駁倒我般大聲喊：

「姊姊，妳振作點！」

她的眼眶濕潤、神色恐懼，踮起腳尖直視著我的眼睛說：

「妳昨天還突然跑去東京……姊姊，妳最近一直很奇怪！」

「咦……」

我感到不太對勁……東京？

「四葉，妳剛剛說東京？」

「喂～三葉！」

是早耶的聲音。我抬起頭，看到敕使河原騎著腳踏車，早耶坐在後座用力揮手。腳踏車的車輪在柏油路面發出「唰」的摩擦聲停下來。

敕使河原湊向前問：

「妳和伯父談得怎麼樣？」

我無法回答，腦袋混亂，不知道該如何思考。鎮長完全不把我的話當一回事，父親甚至問女兒「妳是誰」。是我害他這麼問的，因為是我在三葉身體裡，所以才不被信任嗎？那麼，三葉現在在哪裡？四葉說，三葉昨天去了東京。為什麼？昨天究竟是什麼時候？

「喂，三葉？」

我聽到敕使河原狐疑的聲音，早耶香則問四葉：「妳姊姊怎麼了？」

三葉在哪裡？我現在在哪裡？

該不會是——

我抬起視線，住家後方是隆起的山巒輪廓，更遠方是霧中呈現青色的山稜。那是我之前爬的山。我想到山上的御神體，還有喝下口嚼酒的地點。冷風從湖面吹來，吹動三葉剪短的髮梢。頭髮宛若指尖般，輕輕撫摸我的臉頰。

「在……那裡嗎？」我喃喃自語。

「咦？什麼意思？那裡有什麼？」

四葉、早耶、敕使河原都追隨我的視線看去。三葉，如果妳在那裡……

「敕使！腳踏車借我！」

我說完把腳踏車搶過來，抓住車把、跨上椅墊，踢了地面前行。

「喂！三葉，等等！」

椅墊對我來說太高了。我站著踩踏板，爬上斜坡。

「三葉，計畫要怎麼辦？」

敕使河原朝著遠離的我大喊，他的聲音好像快哭出來了。

「依照原定計畫準備！拜託！」

我的聲音迴盪在寧靜的街道上。三葉的聲音離開身體後，反射在山與湖面，短暫地瀰漫在大氣之間。我彷彿要追逐這個聲音，全力踩著踏板前進。

＊　＊　＊

有人在敲我的臉頰。

敲打的力道很輕微，大概只用中指指尖輕輕敲打，避免讓我感到疼痛。這個指尖非常冰冷，就好像剛剛還抓著冰塊般涼涼的。到底是誰會這樣叫醒我？

我張開眼睛。

咦？

周圍很暗。現在還是晚上嗎？

又有人在敲我的臉頰。不對，是水，水滴從剛剛就滴落在我的臉頰上。

我抬起上半身，總算發覺到：

「……我變成瀧了！」

我情不自禁大喊。

我爬上狹窄的石梯，直射的夕陽光芒刺痛眼睛。

由於長時間待在黑暗中，瀧的眼睛泛起疼痛的淚水。爬上來後，我發現正如自己猜想，這裡是御神體所在的山上。

瀧為什麼會跑到這種地方？

我糊里糊塗地走出巨木下方，來到窪地上。瀧穿著戶外運動的厚外套，腳上穿著厚膠底的登山鞋。地面柔軟潮濕，似乎才剛下過雨，低矮的草上布滿水珠，但抬起頭看到的天空卻非常晴朗。破碎的卷層雲綻放金色光芒，在風中流動。

記憶莫名模糊。

我在什麼都想不起來的狀態下，走到窪地邊緣的斜坡下方，抬頭望著斜坡。這裡是破火山口地形，爬上斜坡就是山頂。我開始爬斜坡，邊爬邊搜尋記憶，試著想起來到這裡之前在做什麼，不久後抓到一點頭緒。

祭典音樂。浴衣。鏡中自己剪短頭髮的臉。

——對了。

昨天是秋祭。敕使和早耶邀我，我便穿著浴衣出門。這天可以看到最明亮的彗星，所以三人約好一起去看。沒錯。雖然覺得好像是很遙遠的回憶，但那的確是昨天發生的事。

敕使和早耶都對我的髮型很驚訝，敕使甚至張大嘴巴，好像深受打擊。兩人動搖的程度不禁讓我感到同情。在前往高地的途中，他們也一直在我背後講悄悄話：「她會不會是失戀了？」「你的想法簡直像昭和時代的歐吉桑！」

我們爬上單線道的狹窄道路，繞過反光鏡之後，前方的夜空中突然出現巨大彗星。拖得很長的尾巴閃爍著綠寶石的光芒，前端則比月亮還亮，仔細觀察，周圍飄舞著細塵般閃閃發光的粒子。我們忘了聊天，像傻瓜一樣目瞪口呆地看了好久。

接著我發覺，彗星前端不知何時分裂成兩半，前端變成兩顆巨大明亮的光球，其中之一好像越來越逼近我們。不久，彗星周圍開始出現好幾道細細的流星，好似降下流星雨。不，那的確是個下著流星雨的夜晚，夜空就像夢中的景色，美得令人難以置信。

我終於爬到斜坡頂端。冷風吹過，底下一整片的雲層看起來像發光的地毯，再下方則是染上淡青色陰影的糸守湖。

咦？

我感到奇怪。

從剛剛開始，我就好像被冰凍起來般不停顫抖。

不知不覺中，我感到恐懼不堪。

我非常害怕，內心不安、悲傷又無助，腦袋好像快要壞掉了。冰冷的汗水像是開關壞掉一樣，不斷冒出來。

該不會……

我也許是瘋了。可能連自己都沒發覺，但精神已經崩潰。

好害怕、好害怕，我很想立刻大叫，喉嚨卻只吐出黏稠的氣息。眼睛在非意志控制的狀況下越張越大，乾燥的眼球表面直盯著湖面。

我知道，已經發覺到——

糸守鎮不見了。

有個更大的圓形湖宛若覆蓋在糸守湖上方。

那是理所當然的——我心中某個角落這麼想。

因為那樣的東西掉下來了。

那樣炙熱又沉重的塊狀物，墜落到頭上。

沒錯。

那時，我……

彷彿關節無聲地損壞一般，我突然跪倒在地。

我那時……

從喉嚨勉強擠出的空氣形成聲音。

「……我在那時候……」

瀧的記憶宛若洪水般湧入，彗星導致的災害毀滅了一座小鎮。瀧其實生活在三年後的東京。當時我已經不在世上。在星星降臨的夜晚，我——

「死了……？」

＊　＊　＊

人類的記憶究竟存放在哪裡？

是大腦突觸的連結形式本身嗎？眼球和指尖是否也有記憶？或者某處存在著濃霧般不定型、不可見的精神體，而記憶就存放在那裡？被稱作心靈、精神或靈魂的東西，是否像存放作業系統的記憶卡，可以隨插隨拔？

稍早之前，柏油路就中斷了，我在沒有鋪柏油的山路上不停踩著腳踏車。西下的太陽在樹木間閃爍著光芒，三葉的身體不停流汗，前髮貼在額頭上。我邊騎腳踏車邊抹去汗水和撥開頭髮。

三葉的靈魂此刻一定在我的身體中，因為此刻我的心在三葉身體裡。但是——

我從剛剛就在思考。

我們此刻其實也在一起。

三葉——至少是三葉心靈的一角——現在仍舊在這裡。譬如三葉的指尖記得制服的形狀，所以我穿制服時，能夠自然掌握拉鍊的長度和衣領的硬度；譬如三葉的眼睛看到朋友會感到安心、愉快，所以我不必特別詢問也知道三葉喜歡誰、討厭誰；看到外婆，我所不知道的記憶也會像聚焦功能故障的放映機般，朦朧地在腦中映出影像。身體、記憶和感情，彼此難分難解地連結在一起。

——瀧。

從剛剛開始，我就聽見體內傳來三葉的聲音。

——瀧，瀧。

聲音彷彿快要哭出來般急切，宛若遠處閃爍的星星般寂寞而顫抖。

模糊的影像開始聚焦，三葉在叫我。

「瀧，你不記得了嗎？」

我想起三葉那天的記憶。

＊　＊　＊

那一天三葉沒有去上學，而是搭上電車。

她要到更大的車站，搭乘往東京的新幹線。即使在上學時間，前往那座車站的地方支線電車上也沒什麼人。沿線沒有學校，而且這一帶的上班族都開車。

「我要去一趟東京。」

早上離開家門後，在前往學校的途中，三葉突然向妹妹如此宣告。

「什麼？現在就去？為什麼？」四葉驚愕地問姊姊。

「呃……去約會？」

「什麼？姊姊，妳在東京有男朋友？」

「嗯……不是我的約會……」

三葉不知該如何解釋，便開始奔跑。她邊跑邊補充：

「我晚上就會回家，別擔心！」

三葉望著新幹線窗外不斷飛逝的景色，內心思索著：

「我去奧寺前輩和瀧約會的地方，到底想幹什麼？總不可能三個人一起玩吧？基本上，這是我第一次去東京，真的能見到瀧嗎？就算見到了，如此突然的造訪，他會不會覺得困擾？會不會覺得驚訝？會不會感到厭煩？」

新幹線抵達東京，簡單俐落得令人意外。三葉在極度擁擠的人潮中感到窒息，但還是試圖打電話給我。手機傳來語音：『……您所撥的號碼在沒有訊號的地方，或是沒有開機……』她掛斷電話。果然還是打不通。

三葉心想，不可能見到面的。

不過，她還是像盯著考卷般凝視車站的導覽板，然後憑著模糊的記憶試著走到街上。

——如果見到面……

她搭了山手線，搭了公車，走路，然後又搭電車，然後再走路。

——怎麼辦？會不會造成他的困擾？會不會很尷尬？還是……

街頭的電視螢幕出現「提阿瑪特彗星明日最接近地表」的文字。

——或者，如果見到面，或許可以稍微……

三葉走累了，從天橋望著閃閃發光的大樓，以祈禱的心情想著。

——如果見到瀧，他會高興嗎……

三葉再度行走，並且思考。

即使這樣漫無目標地尋找，也不可能見到他。雖然不可能見到，但有一件事是確定的。只要相見，一定能夠立刻明白：「進入我的是你，進入你的是我。」

就如百分之百沒有人會做錯的加法題目，只有這一點三葉相當確信。

手電筒般的夕陽沒入車站月台的屋頂縫隙。

三葉坐在車站的長椅上，把因為一直走路而疼痛的腳尖伸向前方，她茫然望著和糸守鎮相較顯得虛弱而淡薄的夕陽。音樂般的鈴聲響起，廣播通知：『往千葉的各站停靠列車，即將抵達四號月台……』黃色的電車滑入月台，車身捲起的暖風拂動她的頭髮。三葉無意識地望著電車車窗。

這時，她突然屏息。

接著像彈簧般跳起來。

剛剛通過眼前的車窗裡，有他的身影。

三葉開始奔跑。電車停下來，她立刻追上那扇車窗。不過傍晚的電車太擁擠，從車外很難找到人。車門發出巨人嘆息般的聲音打開，面對幾乎自車廂滿溢而出的人潮，三葉感到恐懼，但她低聲說「抱歉」，膝蓋後方冒著汗擠進人群中。車門再度發出巨人嘆息般的聲音關上，電車開始移動。三葉不斷反覆說著「抱歉」，緩緩前進。然後，她在某個男生面前停下腳步。三葉覺得周圍的聲音頓時消失了。

站在她眼前的，是三年前還在念國中的我。

＊　＊　＊

腳踏車再也爬不上去。

當我這麼想時，前輪就卡到樹根滑了一下。

我反射性地抓住附近的樹幹，離開身體的腳踏車滑落斜坡，掉到大約三公尺下方的地面，發出誇張的撞擊聲，輪胎扭曲變形。我小聲地說：「抱歉，勅使河原。」在狹窄的山路上開始奔跑。

為什麼會忘記？為什麼直到現在都想不起來？

我邊跑邊注視著從內心湧出的記憶。

三葉，三年前的那一天，妳來見過我……

＊　＊　＊

——瀧，瀧，瀧。

從剛剛開始，三葉就只是在嘴裡咕噥著我的名字。她面對明明近在眼前卻沒有任何反應的我，猶豫著該以什麼樣的語氣打招呼，也不知道該擺出什麼表情。她用快要哭出來的心情認真思考，然後鼓起勇氣擠出笑臉開口：

「瀧。」

國中生的我聽到有人突然叫自己的名字，驚訝地抬起頭。那時我們的身高差不多，我看到眼前有一雙水汪汪的大眼睛。

「咦？」

「呃，是我。」

三葉拚命擠出笑容，指著自己這麼說。我感到困惑。

「咦？」

「……你不記得了嗎？」

陌生的女孩低下頭，怯生生地揚起視線詢問。

「……妳是誰？」

三葉吐出小聲慘叫般的呼吸，臉龐頓時變紅。她垂下視線，以幾乎消失的聲音說：「啊……對不起……」

電車大幅搖晃，乘客各自取得平衡，只有三葉大幅搖晃之後撞到我。我的鼻尖接觸到她的頭髮，隱約聞到洗髮精的香味。三葉再度低聲說：「對不起。」國中的我心想：「這個女生好奇怪。」三葉以混亂的腦袋拚命思考：「明明是瀧，為什麼……」這段時間對雙方來說都很尷尬。

車內廣播響起：『下一站，四谷。』三葉稍微鬆一口氣，同時又感到無法抑制的悲傷，但她無法繼續待在這裡。車門打開，三葉跟著幾個要下車的乘客走出去。我看著逐漸遠去的背影，心中忽然想到，這個奇怪的女生或許是我「必須」知道的人。在這種無法說明卻又相當強烈的衝動驅使下，我開口叫住她：

「喂！妳的名字……」

三葉回頭，但被下車的人潮推擠而遠離我。她突然解開綁著頭髮的組紐編織髮繩遞給我，大喊：

「三葉！」

我不加思索地伸出手。鮮橘色的髮繩彷彿射入昏暗電車中的一道細細的夕陽光線。我將身體鑽入人群，用力抓住那道色彩。

「我的名字是三葉！」

＊　＊　＊

三年前的那一天，妳來見過我。

我現在才終於了解。

當時的相逢對我來說，只是在電車上遇到不認識的女生向我搭話，馬上就忘記了。三葉懷著那麼強烈的心情來到東京，然後深深受傷，回到鎮上就剪短頭髮。

我感到非常心痛卻無能為力，只能奮不顧身地向前跑。三葉的臉和身體都被汗水和泥土弄髒了。不知何時，我已經走出樹林，下方是一整片金色地毯般的雲層，周圍是滿布青苔的岩石。

終於來到山頂。

我深深吸入冰冷的空氣，然後彷彿要喊出所有思念般，用最大的聲音喊：

「三葉～！」

我聽到聲音，抬起頭來、站起身環顧四周。

這裡是御神體所在的盆地周圍的岩石地形。即將西沉的夕陽拉長了萬物的影子，世界清晰地區別為光與影。然而在這當中，並沒有任何人影。

「瀧……？」

我低聲呼喚，然後深深吸入冰冷的空氣，用瀧的喉嚨大喊：

「瀧～！」

我聽到了。

她在這裡，三葉在這裡。

我拔腿奔跑，爬上斜坡，跑到盆地邊緣。

環顧三百六十度，沒有看到任何人影，但是我強烈感應到，她應該在這裡。

我大喊：

「三葉！妳在這裡吧？在我的身體裡！」

是瀧！我非常確信。

我朝著看不到人影的空中大聲問：

「瀧！你在哪裡？我聽得到你的聲音！」

我沿著盆地的邊緣開始奔跑。

聲音。我只聽到聲音。

這個聲音——我的聲音、三葉的聲音，究竟是在現實的空氣中震動，或者只是迴盪在靈魂之類的地方？我也不清楚。我們雖然在同樣的地點，但卻相隔三年。

「三葉，妳在哪裡？」

然而我還是大喊，無法不喊。

我全速在盆地邊緣奔跑。這樣的話——

這樣的話，就可以追上瀧了——我懷著類似妄想的心情奔跑。

啊！

我忍不住發出聲音，停下腳步。

我停下腳步，連忙回頭。

剛剛確實有人擦身而過。

眼前存在著溫暖的氣息，心臟在胸口跳動。

雖然看不到身影，但是瀧一定在附近。

心臟發出撲通聲響劇烈跳動。

在這裡。我伸出手。

在這裡。我伸出手。

——但是，指尖沒有碰到任何東西。

「……三葉？」

我等候著回應，但沒有任何人出聲。
還是不行嗎？見不到她嗎？
我再次環顧四周，山上只有我一個人茫然地站著。
我垂下視線，吐出細而長的嘆息，不知該如何是好。
微風吹來，頭髮輕輕飄起，汗水全乾了。我覺得溫度好像突然下降而望向夕陽，太陽不知何時已經沒入雲朵後方。萬物擺脫直射的光線後，光與影融合在一起，世界的輪廓變得模糊而柔和。天空殘留著光輝，但地面已經被淡色陰影吞沒，周圍瀰漫著粉紅色的間接光芒。
對了，這樣的時間有特定的稱呼，黃昏時分、彼何人、彼為誰人。人的輪廓變得模糊，有可能遇見不屬於這個世界的東西。我喃喃說出這個時間的古老稱呼。
——分身之時。
聲音重疊在一起。
該不會是……

我的視線緩緩離開雲朵，凝視正前方。

三葉在那裡。

她眼睛睜得圓圓的，張大嘴巴看著我。

這副呆呆的表情既可愛又好笑，讓我忘記驚訝，緩緩露出微笑。

「三葉。」

當我呼喚她，她的雙眼頓時湧出淚水。

「……瀧？瀧？瀧？瀧？」

她像笨蛋一樣反覆呼喚，雙手碰觸我的雙臂，手指用力抓住我。

「……瀧在這裡……！」

她勉強擠出這句話，撲簌簌地掉下大顆淚珠。

終於見到她了，真的見到她了。三葉以三葉的身分、我以我的身分，在各自的身體中，彼此面對面。我感覺真心鬆了一口氣，就好像長時間待在語言不通的異國，現在終於回到故鄉一般，打從心底感到安心。溫和的喜悅溢滿全身，我對哭個不停的三葉說：

「我是來見妳的。」

話說回來，這傢伙的眼淚就像小顆玻璃彈珠一樣，透明又圓滾滾的。我笑著繼續說：

「我費了好大的功夫呢！因為妳在好遠的地方。」

沒錯，真的很遠，不論是時間或空間都不一樣。

三葉眨著眼睛看我。

「咦……可是，你是怎麼來的？我那時候……」

「我喝了三葉的口嚼酒。」

我回想起來此之前的辛苦歷程。三葉的淚水突然停了。

「咦……」

她驚愕地說不出話。那也是理所當然，她一定是太感動了。嗯。

「你……你……」

三葉慢慢遠離我。嗯？

「你……你竟然喝了那個？」

「怎樣？」

「笨蛋！變態！」

「什、什麼？」

三葉面紅耳赤，看來應該是在生氣。等等，她為什麼要生氣？

「對了！而且你摸了我的胸部吧？」

「妳……」我心中產生劇烈動搖。「為、為什麼知道……」

三葉雙手扠腰，像是斥責小孩般說：「四葉都看到了！」

「啊啊啊，抱歉，我忍不住……」

嘖，那個小女孩真是多管閒事。我的手掌滲出汗水，必須找個藉口才行。我脫口而出：

「我、我只摸了一次！」

這是什麼藉口！我真是笨蛋！

「……只有一次？嗯……」

咦？三葉好像在思索。只有一次的話，還在容許範圍內嗎？沒想到我有可能過關。不過三葉立刻怒視我更正：

「……不對，幾次都一樣啦！笨蛋！」

果然不行。我放棄抵抗，雙手合十向她低頭說：「對不起！」我當然無法告訴她，其實我每次都有揉。

「啊！那是……」

三葉瞬間變換表情，驚訝地指著我的右手。我看了看自己的手腕。

「哦，這個。」

這是三年前三葉給我的組紐編織髮繩。我解下固定繩子的金屬，從手腕一圈圈解開，並對三葉抱怨：

「妳啊，別在認識之前就跑來見我……我怎麼可能會認出來啊！」

我把拆下的組紐編織髮繩遞給三葉，想起三葉當時在電車裡的心情，心中湧起溫柔的情感。

「我戴三年了，接下來換妳戴吧！」

三葉雙手接過組紐編織髮繩，抬起頭高興地笑著說：

「嗯！」

我現在才發現，三葉笑的時候，彷彿全世界都同時感到喜悅。

三葉把組紐編織的髮繩綁在自己頭上，像戴髮箍一樣把繩子繞到頭頂，然後在左耳上方綁蝴蝶結。

「如何？」她紅著臉低下頭，抬起視線看著我問。組紐編織像緞帶般，在短髮旁邊彈起。

「呃……」

我覺得不太適合，感覺有點太小孩子氣。基本上，她根本沒必要把頭髮一口氣剪短。誰叫她要擅自跑來找我，又擅自受到打擊。我喜歡的是黑色長髮！

這些念頭都在一瞬間閃過，不過我當然也知道，這種場合無論如何都應該要讚美她。三葉留給我的「一輩子沒有女人緣的你必學的談話術」連結裡面也提到，面對女人只要稱讚就對了。

「……還不錯。」

「……什麼！」

三葉的表情立刻變得陰沉。咦？

「你一定覺得不適合吧？」

「咦！」

為什麼會露出馬腳？

「哈、哈哈……抱歉。」

「你這個人真是……」

她似乎打從心底感到傻眼，把臉撇向旁邊。怎麼會這樣？跟女生對話實在太難了……

這時三葉突然噗哧一聲笑出來，抱著肚子咯咯笑。這傢伙是怎麼了？一會兒哭、一會兒生氣、一會兒笑，不過看到她這副模樣，我心中也開始湧起笑意。我低下頭一手捂著臉，呵呵笑出來。三葉也在笑。我感覺越來越高興，兩人同時放聲大笑。在光線柔和的分身之時的世界邊緣，我們像小孩子一樣，一直不停地笑。

慢慢地，氣溫下降。慢慢地，光線變得黯淡。

「對了，三葉。」

我忽然想起小時候的心情：放學後和朋友玩得很開心，還想繼續一起玩，可是差不多該回家了。我對三葉說：

「還有事情要做，妳聽我說。」

我對她說明我和敕使河原、早耶的計畫，看到三葉邊聽邊點頭，才明白她記得那天發生的事。星星墜落，小鎮消失，當時她死了一次。對三葉來說，今晚等於是重演的夜晚。

「來了……」

三葉仰望天空，用稍微顫抖的聲音低語。我追隨她的視線，看到在逐漸染成深藍色的西方天空，微微浮現拖著長尾巴的提阿瑪特彗星。

「沒關係，還來得及。」

我像是在安慰自己，很肯定地說。

「嗯，我試試看……啊，分身之時已經——」

說著話的三葉不知何時也染上淡淡的陰影色彩。

「——要結束了。」我也說。

天上的夕陽餘暉幾乎已完全消失，夜晚即將來臨。我壓抑忽然湧現的不安，勉強擠出笑臉說：

「三葉，為了避免在醒來之後忘記對方——」

我從口袋取出奇異筆，抓起三葉的右手，在她的手掌上寫字。

「我們寫下名字吧。來。」

說完，我把筆遞給三葉。

「……嗯！」

三葉立刻綻放花朵般的笑臉。她拉起我的右手，筆尖貼上掌心。

咚。

腳邊發出硬質的輕微聲響。

我往下看，發現筆掉在地上。

「咦？」

抬起頭，眼前沒有任何人。

「咦……？」

我環顧四周。

「三葉？喂！三葉？」

即使大聲呼喊，仍沒有回應。

我連忙四處走動。周遭的風景已經沉入藍黑色的陰影中，底下是黯淡而平坦的雲層。在雲層下方的黑暗中，依稀可見葫蘆型的糸守湖。

三葉消失了。

夜晚來臨。

我已經回到三年後的自己身體裡。

看看右手，手腕上的組紐編織已經不見，掌心只留下寫到一半的短短一條細線。我輕輕碰觸這條線。

「……本來想告訴妳……」

我看著這條線，小聲地自言自語。

「不論妳在世界上的哪一個角落，我一定會再去見妳。」

抬頭看天空，彗星已無影無蹤，有幾顆星星開始閃爍。

「——妳的名字是三葉。」

我閉上眼睛，想要確認記憶，想要確實記住。

「……沒關係，我記得！」

我得到自信，張開眼睛。只見白色的半月掛在遙遠的天空。

「三葉、三葉……三葉、三葉、三葉，妳的名字是三葉！」

我朝著半月呼喊她的名字。

「妳的名字是……！」

這時，原本想說出口的詞語輪廓突然變得模糊。

我連忙撿起筆，試圖把名字的第一個字寫在手掌上。

「咦……」

然而，我才劃了一條線就停下來。筆尖開始顫抖，我使出很大的力氣想要壓抑抖動。我想要像針刺一樣，刻上不會消失的名字，筆尖卻連一公釐都無法移動。我開口問：

「……妳是誰？」

手中的筆掉到地上。

妳的名字，關於妳的記憶，正逐漸消失

「……我為什麼會在這裡？」

我努力想要留住記憶，想要設法收集記憶的碎片，大喊：

「我……我是為了見她才來的！為了救她而來的！我希望她活著！」

消失了，那麼重要的東西消失了。

「是誰？是誰、是誰、是誰……？」

記憶不斷崩落，連原本存在的情感都逐漸失去。

「很重要的人，不能忘記的人，不想忘記的人！」

不論是悲傷或喜愛，全都同樣地消失，我甚至不知道自己為什麼在哭。就像沙之城堡崩壞般，情感迅速化為烏有。

「是誰？是誰？是誰……」

沙子崩解後，只留下一塊不會消失的東西，我知道這是寂寞。在這個瞬間我就知道，今後留給我的，只有這份情感。類似有人硬是託付給我的行李，我只能繼續懷抱著寂寞。

那也好——我突然強烈地這麼想。如果世界是如此殘酷的地方，那麼，我要單憑著這份寂寞，傾注全副精力繼續生活，我要憑著這份情感繼續掙扎。即使分隔兩地、再也無法相逢，我也要掙扎，一輩子不會放棄——我懷著向神明挑釁的心情，此時此刻強烈地這麼想。就連自己忘記某件事的現象本身，我也快要忘記了。所以，我以僅剩的這個情感為立足點，最後一次朝夜空呼喊：

「妳的名字是什麼？」

聲音形成回音，迴盪在夜晚的山巒間，反覆詢問著虛空，然後逐漸減弱。

不久，是一片悄然無聲。

第七章

美麗地掙扎

我在奔跑。

並反覆唸著他的名字，奔跑在黑暗的山間小徑上。

瀧。瀧。瀧。

——沒關係，我記得，絕對不會忘記。

不久，樹木的縫隙間可見糸守鎮的燈光閃爍。風夾帶著祭典音樂，隱約而斷斷續續地傳入耳中。

瀧。瀧。瀧。

抬頭仰望天空，看到拖曳長尾巴的提阿瑪特彗星比月亮更明亮。我害怕到全身發軟，只能喊著他的名字努力壓抑恐懼。

你的名字是瀧！

我聽到輕型機車的聲音抬起頭，爬上坡的車燈照射到我的眼睛。

「勅使！」我邊喊邊跑過去。

「三葉！妳剛剛跑去哪裡？」

敕使用斥責的口吻問，但我實在無法說明清楚。他穿著學校制服捲起袖子，戴著像是要去洞窟探險、附大燈的頭盔。我替瀧轉告他：

「弄壞腳踏車的人要我跟你道歉。」

「啊？誰弄壞的？」

「是我！」

敕使皺起眉頭，但仍無言地將引擎熄火，打開頭盔上的燈。他邊跑邊粗暴地喊：「待會兒妳得從頭跟我說明清楚！」

「糸守變電所·公司土地禁止進入」——鐵絲網上掛著這樣的牌子，後方則有變壓器、鐵塔等構成複雜的剪影。這裡是一處無人設施，燈光只有機械上稀稀落落的紅光。

「那個真的會掉下來嗎？」

敕使仰望天空問。我們在變電所的鐵絲網前，注視著閃閃發光的彗星。

「會掉下來！我親眼看到了！」

我直視著勅使的眼睛告訴他。距離隕石墜落還有兩小時，已沒時間說明。勅使有一瞬間露出狐疑的表情，但他重重吐了一口氣之後，露出自信的笑容。這個笑容帶著一點自暴自棄的意味。

「既然妳都親眼看到了，那就只好執行計畫啦！」

勅使說完，迅速打開運動背包。裡頭裝滿用褐色紙包裝、看起來很像接力棒的筒子，這是含水炸藥。我緊張地吞嚥口水。勅使取出很大一把螺栓割刀，將刀刃貼上變電所入口處纏繞好幾圈的鎖鏈，對我說：

「三葉，繼續下去，就不是一句『開玩笑』可以解決的。」

「拜託！責任都由我來扛。」

「笨蛋！我不是在問妳這種事！」

勅使生氣地說，然後不知為何有些臉紅。

「這樣一來，我們兩個就是共犯了！」

切斷鎖鏈的聲音劃破黑暗。

勅使朝著手機喊：「鎮上停電之後，學校應該會立刻切換成緊急電源！到時候就可以使用廣播器材！」

他騎著輕型機車，我坐在後座，把手機舉到他嘴邊。路上幾乎沒有對向來車，夜晚的縣道沿路出現零星的住家燈光。我們前進的方向有一處夾在山坡之間、光線密集的區塊，那裡是秋祭的會場，也就是宮水神社。我忽然覺得，好像終於回到離開很久的故鄉，感覺格外懷念。

「三葉，早耶要妳聽電話。」

「喂，早耶！」我把手機貼到自己耳朵上。

『嗚～三葉～！』

早耶以哭聲說話。

『我真的非得做這種事嗎？』

她不安的聲音讓我心痛。換成是我站在她的立場，大概也會哭吧？光是要一個人潛入夜晚的廣播室，沒有友情的力量支撐絕對辦不到。

「對不起，早耶，可是還是要拜託妳！」

現在的我只能這麼說。

「這是我一生的請求！如果我們不這麼做，會有很多人死掉！開始廣播之後，盡可能重複久一點！」

她沒有回答，從手機中只能聽見模糊的啜泣聲。

「早耶？喂，早耶！」

我開始感到不安，接著突然聽到她很小聲地說「好吧」。

『唉，我豁出去了！告訴敕使，叫他也要請客！』

「早耶說什麼？」

我把手機收回裙子的口袋，用壓過引擎噪音的吼聲回答敕使：

「她叫你也要請客！」

「好！大幹一場吧！」

敕使以意圖蓋過其他情緒的氣勢大喊的瞬間，背後響起施放巨大煙火般的爆破聲，我們停下輕型機車回頭。兩次、三次，又一次，爆破聲連續響起。我們剛剛所在的山腰冒出濃密的黑煙，巨大的電塔宛若慢動作般傾倒。

「敕使……」

我的聲音在顫抖。

「哈哈！」

敕使的吐氣聲聽起來像笑聲，但也在顫抖。

這時又響起一次格外巨大的爆炸聲，鎮上的燈光都消失。

「喂……」敕使的聲音有些模糊。「停電了。」我的回應簡直是廢話。

是我們做的。

警笛聲突然響起。

『嗡嗡嗡嗡嗡嗡嗡嗡！』

全鎮的揚聲器發出刺破耳膜的暴力音量。宛若巨人慘叫般不祥的警笛聲迴盪在山谷間，傳遍整座小鎮。

是早耶，她占用了防災廣播。

我和敕使無言地朝彼此點頭，再度跨上輕型機車。當我們朝神社疾馳，早耶的聲音像是從後方推動我們一般，自鎮上的揚聲器播放出來。她以平穩的語調依照作戰計畫的內容播報，很難想像她剛剛還一副快要哭出來的聲音。

『這裡是鎮公所。糸守變電所發生爆炸意外，有可能再次爆炸，並且引發山林火災。』

敕使的輕型機車偏離縣道，爬上狹窄的山路，這是通往神社的緩坡。從這條路走，不需要爬參道的石梯，就能騎著輕型機車到本殿後方。我坐在發出「喀噠喀噠」聲搖晃的後座上抓緊敕使的背，傾聽早耶向全鎮播報的聲音。她的聲音和她姊姊一模一樣，應該沒有人會懷疑這不是鎮公所的廣播。

『下列地區的鎮民，請立刻到糸守高中避難。門入地區、坂上地區、宮守地區、親澤地區……』

「接下來就是關鍵。走吧，三葉！」

「嗯！」我們從輕型機車跳下來，跑下神社後山斜坡的木梯。從樹木的縫隙間可以看到神社內林立的攤販屋頂，往來其間的人群看起來像在黑暗的水槽中放入太多魚。我們邊跑邊脫下安全帽。

『再重複一次。這裡是鎮公所。糸守變電所發生爆炸意外，有可能再次爆炸，並且引發山林火災……』

跑下階梯就到達本殿後方，可看到聚集在祭典會場的人群剪影、聽到不安的騷動聲。我和敕使爭相跑入人群中，敕使邊跑邊喊：

「快逃！發生山林火災了！這裡有危險！」

他的聲音簡直像透過擴音器般格外響亮，我也用不輸給他的聲量大喊：

「請逃難！發生山林火災了，請快點逃難！」

我們邊喊邊來到神社廣場的正中央。

「什麼？真的發生山林火災？」

「我們快逃！」

「要一路走到高中嗎？」

原本因為防災廣播而形成的避難人潮，聽到我們的大喊後更是加快腳步，穿著浴衣的男女、小孩、牽著孫子的老人家紛紛走向出口的鳥居。我鬆了一口氣，這樣一定來得及。多虧那個人……那個人？

「三葉！」

敕使厲聲叫我，我抬起頭看他。

「這下不妙！」

我追隨敕使的視線望過去，看到還有很多人悠閒地坐在攤販旁邊或是站著聊天。他們抽著菸、喝著酒，甚至愉快地談笑。

「如果山林火災沒有逼近到眼前，他們絕對不肯移動！必須請出消防隊來引導避難。妳再去鎮公所，這回一定要說服鎮長……」

敕使焦急的聲音從我頭上傳來，感覺卻很遙遠……那個人？

「喂，三葉……怎麼了？」

「……敕使，怎麼辦……？」

我無法思考其他事情，不加思索地對他說：

「我想不起……那個人的名字！」

敕使的臉擔心地皺起來，然後他突然怒吼：

「誰管妳，笨蛋！看看周圍！這一切都是妳起頭的！」

他以怒火中燒的表情瞪著我。揚聲器反覆播放：『請立刻到糸守高中避難。』

我這才發現早耶的聲音好像快哭出來般顫抖。

「三葉，快去！」敕使這次以懇求的語氣悲痛地喊。「快去說服妳爸！」

我像是被打了一巴掌，頓時挺直背脊。

「……好！」

我用最大的力氣點頭，拋開雜念往外奔跑。背後再度傳來敕使的叫聲：「叫你們快逃！逃到高中！」早耶的聲音迴盪在全鎮：『可能引發山林火災。請到糸守高中避難。』我撥開人群，穿過鳥居，奔下參道的石梯。

這一切都是妳起頭的——敕使這麼說。沒錯，這是我，是「我們」起頭的。我邊跑邊瞪著頭上的彗星，地面的燈光消失之後，彗星顯得越發明亮。長長的尾巴拖曳在雲端，像巨大的蛾般揮灑鱗粉。我挑釁地想著：絕對不能讓你如願。沒關係，還來得及——我在口中反覆念著某人堅定地對我說過的這句話。

＊　＊　＊

那是初秋時發生的事，我還在念國中。

當時我才剛習慣和父親的兩人生活。兩人吃完了辛苦做出來卻不太好吃的晚餐後，父親喝著啤酒，我則邊吃蘋果邊喝茶。

那天的電視都在播報彗星通過近地點的新聞。我對星星和宇宙並不特別感興趣，但想到以一千兩百年為週期繞行太陽、半長軸達一百六十八億公里以上、這種和人類完全不同規模的現象確實存在於世上，就讓我覺得很厲害。雖然是很蠢的感想，卻厲害到令我起雞皮疙瘩，同時也可怕到讓我的心臟都在顫抖。

『請看！』

實況轉播的主播突然以興奮的口吻高喊。

『彗星看起來好像分裂成兩半。在它的周圍……似乎出現大量流星。』

鏡頭拉近，彗星以東京的高樓大廈為背景，看起來的確好像分成兩股。流星群般的細線在彗星前端出現又消失，這幅景象看起來像工藝品般精巧美麗，我不禁看得入神。

＊　＊　＊

防災廣播裡突然出現「喀喳」的開門聲。

『啊！』

我聽到早耶短促的尖叫聲，接著從揚聲器傳來幾名男人似曾相識的聲音。

『妳在幹什麼！』

『快點切掉！』

喀啦喀啦的聲音似乎是椅子倒下來，接著傳來尖銳短促的反饋聲，防災廣播就此中斷。

「早耶……！」

我不禁停下腳步大喊。

她被老師發現了。大顆汗珠有如回想起來般冒出來，發出滴滴答答的聲音落在柏油路上。這裡是環繞湖泊的縣道，通往鎮公所和高中，有幾個正要前往高中避難的人發出困惑的聲音。

「怎麼搞的？發生什麼事？」

「咦？出了什麼問題？」

「到底要不要避難？」

我正覺得不妙，防災廣播再度發出聲音。

『這裡是糸守鎮鎮公所。』

不是早耶也不是早耶姊姊的聲音，是偶爾會聽到的鎮公所負責廣播的大叔。

『目前正在確認意外狀況。請各位鎮民不要慌張，在原地等候指示。』

我再度像彈出去般往前飛奔。

一定是無線廣播的發訊源曝光後，鎮公所通知了學校。早耶會被老師質問，勒使這樣下去也危險了。

『再重複一次。請不要慌張，在原地等候指示。』

不能等了！我得阻止這樣的廣播！

我離開縣道，從柏油路鑽入灌木叢茂密的斜坡，這是通往鎮公所的捷徑。灌木的刺刮傷腳，產生陣陣疼痛；蜘蛛絲黏到臉上，不知名的小蟲子飛入嘴裡。

我好不容易跑下斜坡，再度奔跑在柏油路上。周圍沒有任何人影，只有防災廣播持續播放著在原地等候的指示。我邊跑邊吐出嘴裡累積的口水，用袖子擦拭因為汗水、淚水和蜘蛛絲而黏膩的臉。雙腳已經無法使力，身體搖搖晃晃，但我還是繼續奔跑。這條路是下坡，因此我的速度沒有減慢。來到和緩的彎道時，我的身體逼近護欄，下方便是通往湖泊的斜坡。

「……咦？」

感覺不太對勁，仔細一看，湖面綻放著淡淡的光芒。我邊跑邊凝神注視。

不對，不是水面在發光，而是平靜的水面映照著天空。鏡子般的湖面映出兩條光的尾巴……兩條？我抬頭看天空。

——啊，彗星終於……

「……分裂了！」

＊　＊　＊

我不斷切換電視頻道，每一台都以興奮的口吻報導突如其來的天文奇景。

『彗星確實分裂成兩半。』

『事前沒有預期到這樣的現象。』

『這幅情景實在是太夢幻了……』

『能否斷定是彗星核破裂？』

『應該沒有超過潮汐力、洛希極限，剩下的可能性就是彗星內部發生某種變異……』

『國立天文台還沒有對此發表評論……』

『類似的例子有一九九四年墜落在木星的舒梅克．李維彗星。當時至少分裂為二十一塊碎片……』

『不會有危險嗎？』

『彗星是冰塊，所以在到達地表之前應該會先融解。即使變成隕石，以機率而言，墜落到人類居住地區的可能性也非常低……』

『很難即時預測碎片軌道……』

『目睹如此壯觀的天文現象，而且日本又剛好是夜晚，對於生在這個時代的我們來說，可說是千載難逢的幸運……』

「我去外面看一下！」

我情不自禁地站起來，向父親報備之後就跑下大廈的階梯。

我站在附近的高地仰望夜空。

天上閃爍著無數光點，宛若空中覆蓋著另一座東京。這幅畫面簡直像夢中風景，美不勝收。

＊　＊　＊

我像迷路般，獨自一人跑在停電的小鎮上。分裂成兩半的彗星明晰地照亮我孤寂的身影。

——是誰？是誰？那個人是誰？

我目不轉睛地盯著彗星，像滾落道路般不停奔跑，腦中仍拚命思考。

——很重要的人，不能忘記的人，不想忘記的人。

鎮公所快要到了。那顆彗星變成隕石掉下來的時間也快要來臨。

——是誰？是誰？你是誰？

我擠出最後的力量，加快速度。

——你的名字是什麼？

「啊！」我忍不住喊出來。

腳尖陷入柏油路面的凹洞，在我想到自己會跌倒的瞬間，地面已經近在眼前。臉部受到強烈撞擊，身體扭轉，疼痛擴散到全身，周遭的一切好像都在旋轉，然後我的意識就中斷了。

…………

…………

……可是……

我聽得見你的聲音。

「為了避免在醒來之後忘記對方——」

當時你這麼說。

「我們寫下名字吧。」

你在我的手上寫字。

我躺在地上張開眼睛。

在疼痛而模糊的視野中，我看到自己握成拳頭的右手。我張開手，想要張開，可是手指非常僵硬。即使如此，我還是很緩慢地張開拳頭。

手掌上有文字，我凝神注視。

我喜歡妳。

我頓時無法呼吸，想要站起來卻無法順利使力，花了很長的時間，雙腳總算再度站立在柏油路上。然後，我再次看著自己的手掌。似曾相識、令我懷念的筆跡，只寫著「我喜歡妳」。

這樣寫，我怎麼……眼中充滿淚水，視野再度模糊。在流淚的同時，體內湧出波浪狀的暖流。我邊哭邊笑，對你說：

「這樣寫，我怎麼知道名字……」

然後，我再度全力奔跑。

我已經不再害怕任何東西、不再害怕任何人，也不再寂寞。

因為我終於理解。

我愛上你了。我們彼此相愛。
所以，我們一定還會相逢。
所以，我會活下去。
我要活過這場災難。
不論發生什麼事，即使星星墜落，我也要活下去。

＊　＊　＊

事前沒有人預期到彗星核會在地球附近分裂，而且在冰塊覆蓋的表面底下隱藏著巨大的岩塊。
鎮上那天剛好是秋祭。墜落時間是晚上八點四十二分，墜落地點是祭典舞台所在的宮水神社附近。
由於隕石墜落，以神社為中心的廣大範圍瞬間毀滅。衝撞形成的隕石坑直徑約一公里。鄰接坑洞的湖水流入，使得大半的小鎮都沒入湖中。糸守鎮成為人類史上遭受最嚴重隕石災害的舞台。

我俯瞰著葫蘆型的新糸守湖，想起這起事件。在淡淡的朝霧中反射陽光的湖泊無比靜謐，很難想像三年前曾發生過那麼大的慘劇。我也很難接受三年前在東京看到的彗星帶來這場災難的事實。

我獨自站在岩石遍布的山頂，看到手掌上有一條好像正準備寫字的線。

「這是什麼……？」

我低聲喃喃自語。

「我在這種地方做什麼？」

第八章

你的名字。

我有一些不知何時養成的習慣。

譬如，在焦急的時候會摸摸脖子後面，洗臉時會盯著鏡中自己的眼睛，即使在趕時間的早晨，走出大門時也會稍微停下腳步看風景。

還有，就是會無意義地盯著自己的手掌。

『下一站，代代木、代代木～』

合成語音播報站名時，我才發現自己又出現這個習慣。視線自右手移開，不經意地望向窗外。窗外景色逐漸減速，月台上的大量人潮開始移動。

這時我突然感到全身寒毛豎起。

過了片刻，我想到：就是她。

她站在月台上。

停車後，我等不及車門完全打開就從車廂衝出去，隨著身體旋轉環顧整座月台。有幾名乘客經過時懷疑地看著我，才讓我冷靜下來。

其實我並沒有在找特定的人，「她」不是任何人。

這也是不知何時形成，算是滿奇怪的習慣。

我又發現自己站在月台上注視著手掌。我想著：只要再一會兒。

只要再一會兒，再一會兒就好。

我不知道更明確的願望內容，只知道自己不知從何時起，就在盼望著某件事。

「我希望進入貴公司的理由，是因為很喜歡建築——不，應該說喜歡街景，還有各種人類生活的風景。」

眼前四位面試主管微微沉下臉。不不，應該是我多心了。這家公司是我首度闖入二次面試，絕對不能搞砸。我重新振作精神說道：

「我從以前便這樣，自己也不知道理由，呃……總之就是喜歡。我喜歡眺望建築、眺望在建築裡生活或工作的人。所以我常去咖啡廳和餐廳，也曾經在那些店打工……」

「……原來如此。」其中一位面試主管溫和地打斷我的話。「那麼請你說說看，你為什麼不選擇餐飲業，而想要進入建築業呢？」

問話的是四人當中唯一看起來很溫柔的中年女子，我這才發覺到自己說的求職動機完全搞錯方向。穿不慣的西裝裡冒出大量汗水。

「這個……服務業的打工雖然也很愉快，但我想參與更大的東西……」

更大的東西？這簡直是國中生的回答，連我都感覺到自己臉紅了。

「就是說……我覺得，東京不知道什麼時候會消失。」

面試主管這時很明顯地沉下臉。我發覺自己正在摸脖子後面，連忙把雙手放回膝蓋上。

「所以，即使消失了……不，就是因為會消失，我希望能夠打造即使在記憶中也能給人溫暖的城市……」

唉，不行，這段話根本不知所云，這家公司也沒希望了。我瞥了一眼面試主管後方高聳的灰色高樓，懷著想哭的心情這麼想。

「你今天面試的是第幾家？」高木問。

我悵然回答：「沒數過。」

阿司喜孜孜地說：「絕對不可能上。」我惱怒地回答：「不用你說！」

「大概是因為你太不適合穿西裝了。」高木嘲笑。

我惱火地回他：「你們還不是一樣！」

「我得到兩家錄取通知。」高木愉快地說。

「我有八家。」阿司一副高高在上的口吻。

「唔……！」

我無法回應。在因屈辱而顫抖的手中，咖啡杯喀喀作響。

叮咚。

放在餐桌上的手機響起，我確認過訊息後，把剩下的咖啡一口氣喝完站起來。

我向阿司與高木揮手道別、朝著車站小跑步之後，才想起以前上高中時，我們三人常常光顧這家咖啡廳。那段日子每天都很輕鬆，不需要思考未來或就業的問題，而且每天都快樂得像傻瓜。尤其是那年夏天——好像是高二左右吧？那年夏天似乎過得特別快樂，眼中映入的所有東西都讓我興奮雀躍——當時是發生了什麼事呢？我想了想做出結論：大概不需要發生什麼特別的事，單純只是因為在那個年紀，就連筷子掉到地上都覺得有趣吧？

……不對，這句俗語應該是用來形容年輕女生。我茫然思索著，跑下地下鐵的樓梯。

「喔，看樣子你正在求職中啊。」

原本盯著手機的奧寺前輩抬起頭，看到我一身西裝便笑嘻嘻地這麼說。傍晚的四谷站前聚集了上班或上學一整天後得到解脫的人群，喧囂中帶著一些悠閒氣氛。

「哈哈，不過很不順利。」

前輩聽了我的話沉吟片刻，把臉湊過來，用有些嚴肅的表情把我從頭到腳檢視一遍，然後以凝重的口吻說：

「會不會是因為你不適合穿西裝？」

「有、有這麼不適合嗎？」

我忍不住低頭看自己的身體。

「真是的，當然是開玩笑啦！」

前輩立刻切換表情，滿面笑容地說。

前輩提議要散步一會兒，我便陪她走在新宿通，逆著大學生的人潮前進。我們橫越紀尾井町、走過弁慶橋，這時我才發現行道樹的樹葉已經變色。擦身而過的人有半數都穿上薄大衣，奧寺前輩也穿著一件淺灰色的寬鬆大衣。

我邊想著只有自己沒跟上季節變化，邊問走在旁邊的前輩：

「妳今天有什麼事？怎麼會突然傳簡訊給我？」

「什麼意思！」前輩噘起塗了唇彩的嘴唇。「沒事就不能聯絡你嗎？」

「不不不！」我連忙揮手。

「難得見到我，很開心吧？」

「啊，是的，很開心。」

前輩聽了我的回答，露出滿足的笑臉說：

「我因為工作的關係剛好到這附近，所以想見見你。」

前輩任職於大型服飾連鎖店，現在好像是在千葉的分店工作。

「郊外的生活雖然也滿愉快的，不過繁華的東京還是最吸引人。」

前輩以稍帶欣羨的眼神望著周圍這麼說。

接著她突然說：「你看。」我抬起頭。

我們正巧走過天橋，視線高度的前方剛好出現家電量販店的街頭螢幕。映在畫面上的是葫蘆型糸守湖的空拍影像，以及「距離彗星災害已經八年」的大字。

「我們以前去過糸守吧？」

前輩瞇起眼睛，好像在搜尋遙遠的記憶。

「那時候你還在念高中，所以是……」

「五年前吧？」我接過她的話。

「那麼久啦！」前輩很驚訝，輕輕嘆息說：「好像有很多事情都忘了。」

我也有同感。我們下了天橋，走在赤坂御用地旁的外堀通。我邊走邊試圖回憶當時的經過。

高中二年級夏天——不對，當時應該是和現在差不多的季節，也就是初秋。我和阿司、奧寺前輩三人有過一場小旅行。我們搭乘新幹線和特急列車到岐阜，然後沿著地方支線漫無目標地閒晃。對了，當時我們進入一間孤單座落在國道沿線的拉麵店。然後……接下來的記憶變得像前世記憶般遙遠且模糊。不知是否因為吵架了，我只記得自己和其他兩人分開行動，獨自爬上某座山，在那裡度過一夜，隔天獨自回到東京。

對了——那段時期，我對於彗星引發的一連串事件深感興趣。

彗星的一塊碎片毀滅一座小鎮，造成人類史上罕見的自然災害，不過鎮上居民幾乎都安然無恙，成為奇蹟般的一夜。彗星墜落的那一天，糸守鎮碰巧舉辦全鎮的避難訓練，因此鎮民幾乎都待在受災範圍外。

由於太過偶然與幸運，我記得災害後出現各式各樣的傳聞。前所未聞的天文現象和鎮民超乎尋常的幸運，足以激發眾多媒體和民眾的想像力，連日來出現許多不負責任的言論：有將糸守鎮的龍神傳說與彗星來訪連結在一起的民俗學論點，也有讚賞或質疑強制避難的糸守鎮長其強權的政治議論，甚至還有主張早已有人預言隕石墜落的神祕學說法。由於該座小鎮原本就是陸上孤島般的祕境，再加上隕石墜落前大約兩小時全區停電的奇妙插曲，更助長民眾的臆測。在其他地區接納受災者的方案告一段落之前，話題一直在社會上延燒。不過就如其他眾多事件，在季節接近尾聲的時候，糸守鎮的話題也逐漸從坊間消失。

即使如此，我此刻仍舊為自己當時的狂熱感到不解。我甚至還畫了幾張糸守鎮的素描。而且我那發燒般的興趣，是在彗星墜落之後過了幾年才突然產生。宛若遲來的彗星般突然造訪我，之後又消失得無影無蹤的「某樣東西」，究竟是什麼？

不過，現在也無關緊要了。我從外堀通旁的高地眺望逐漸籠罩在暮色中的四谷街景，心中這麼想。時至今日，已經不重要了——我再次對自己強調。和記憶不明的往事相比，我更應該思考的是來年的就業問題。

前輩低聲說：「起風了。」她波浪捲的長髮輕輕飄起。很久以前、彷彿在遙遠的地方聞到的甜蜜氣味隱約飄來，這個香味讓我心中反射性地感到哀傷。

我們在學生時代打工的義大利餐廳共進晚餐。前輩對我說：「瀧，你說過高中畢業之後要請我吃飯吧？」雖然不記得自己許過這種神祕的請客約定，不過，我還是以有些自豪的心情付帳。我原本打算送前輩到車站的驗票口，她卻對我說：

「今天謝謝你陪我，送我到這裡就行了。」

接著她又說：

「話說回來，沒想到我們從前打工的那間餐廳竟然那麼好吃。」

「打工時供應的員工餐都像學校營養午餐一樣。」

「所以那麼多年來都沒有發現。」

我們都笑了。前輩舒服地深深吸一口氣，然後跟我說再見。她揮手時，無名指上閃爍著細水滴狀的戒指。

前輩是在喝濃縮咖啡的時候跟我說她要結婚了，又對我說：

「希望有一天，你也能得到幸福。」

我不知道該怎麼回答，只能咕噥著說些祝福的話。

我並不覺得自己不幸福——我望著走下天橋的前輩背影這麼想，但也不太清楚什麼是幸福。

我突然看了看自己的手掌，上面只顯示著「不存在」。

只要再一會兒——我又這麼想。

季節在不知不覺中變化。颱風特別多的秋天過去之後，沒有特別的界線，冬天就已經來臨，連日下著冰冷的雨。今晚我也一直依稀聽到雨聲，感覺就像很久以前聊天的記憶。聖誕節的燈飾在水滴打濕的窗外閃閃發光。

我一口氣喝下紙杯中的咖啡，像是要吞下所有雜念，然後再度檢視記事本。即使到了十二月，記事本上仍舊排滿求職活動的時間表。

拜訪校友、說明會、申請截止、繳交書面文件的日期、面試預定，從大型承包商到建築設計公司、街上小工廠，飢不擇食的清單讓我厭惡自己，但還是繼續比對智慧型手機行事曆與記事本上的文字，整理明日之後的行程重點寫在記事本上。

「我還想再多逛一場婚紗展。」

摻雜著雨聲，陌生人的對話聽起來都像暗藏祕密。坐在我後面的情侶從剛剛就在討論婚禮事宜，我不禁聯想到奧寺前輩，不過女生的聲音和感覺跟前輩完全不同。這對男女的對話帶有悠閒的方言腔調，有種類似青梅竹馬的安心氣氛。我不知不覺就聽著兩人的對話。

「還要看？」男生似乎有些厭煩，但聲音中可以聽得出親暱的情感。「我們已經看過好幾場婚紗展了，還不是都差不多？」

「我只是覺得，神道婚禮或許也不錯。」

「妳不是說妳的夢想是在禮拜堂舉行婚禮嗎？」

「結婚是一輩子只有一次的大事，哪能簡簡單單就做出決定！」

「妳明明說過已經決定了。」男生小聲地抗議，我不禁偷笑。女生不理會男友的抗議，發出「嗯～」的沉吟聲。

「對了，勅使，婚禮前你要把鬍子刮乾淨喔。」

我正準備喝咖啡，卻突然停下手。

自己也不知道理由，心跳就突然加速。

「我也會為你瘦個三公斤。」

「妳邊吃蛋糕邊說這種話？」

「我從明天開始會認真減肥啦！」

我緩緩回頭看。那兩人已經站起來，正在穿大衣，我只看到個子高瘦的男生理平頭、戴毛帽的側臉。女生的個子嬌小，留著妹妹頭，感覺像學生般稚氣。兩人背對我走出店門，我不知為何無法將視線從兩人的背影移開。「謝謝光臨！」咖啡店店員的聲音摻雜著雨聲，模糊地傳入耳中。

走出店裡時，雨水已經轉變為雪。

或許是因為濕度很高，飄雪的街上意外溫暖，讓我突然產生迷失到不同季節的不安。擦身而過的每一個人好像都隱藏著重要的祕密，讓我不禁一一回頭。

我繼續走到即將關門的區立圖書館。打通樓層的偌大空間中，只有零零星星的讀者，使得館內空氣感覺比外面還要寒冷。我坐在椅子上，打開從架上拿來的書。這是題為《消失的糸守鎮．完整紀錄》的攝影集。

我像解開古代封印般，一頁一頁慢慢翻。

銀杏樹與小學，俯瞰湖泊的神社陡斜的階梯，掉漆的鳥居，宛若突兀地放在田裡的積木般小巧的平交道，寬敞的停車場，兩間並排的小酒吧，色彩黯淡的水泥高中校舍，老舊龜裂的柏油路縣道，斜坡彎道旁的護欄，映照天空的塑膠布溫室。

這些都是日本隨處可見的平凡風景，因此每一張照片我都覺得似曾相識。就連石牆的溫度及寒冷的風，我也可以輕易想像，就好像我曾經住在那裡。

我邊翻頁邊想，為什麼我會覺得這些景象如此熟悉？

已經不存在的小鎮理所當然的風景，為什麼會讓我如此心痛？

＊　＊　＊

我曾經以非常強烈的心情決定過某件事。

在回家路上抬頭望見窗戶內的燈光時、在便利商店伸手拿便當時、重新繫上鬆開的鞋帶時，我會忽然想起來。

我曾經決定某件事。

在見到某人之後——不，是為了見到某人——決定了某件事。

洗臉後看著鏡中的倒影時、把垃圾袋拿到垃圾場時、瞇著眼睛望著大廈之間的朝陽時，我會邊想邊苦笑。

我只知道「某人」、「某件事」，說穿了等於什麼都不知道。

走出面試會場關上門，我又想到——

可是，我至今仍舊在掙扎。用誇張一點的說法，是為了人生在掙扎。曾經決定的會不會就是這樣的事情？掙扎，生活，呼吸走路，奔跑，吃東西，連結。就如同看到理所當然的小鎮風景而掉淚般，也要理所當然地生活。

只要再一會兒。我心想。

只要再一會兒，再一會兒就好。

我不知道自己在追求什麼，但一直在盼望某件事。

只要再一會兒，再一會兒就好。

櫻花開過又謝了，連綿不絕的雨水洗滌街道，白雲湧現在高空，葉子染上顏色，寒風吹來，然後櫻花又開了。

日子加速前進。

大學畢業後，我在勉強找到的職場工作，懷著拚命避免從搖晃的車子被甩落的心情度過每一天。雖然緩慢，但我有時覺得，自己好像朝理想的場所接近一些。

早上醒來時，我盯著右手，食指上沾著小小的水滴。前一刻的夢以及短暫沾濕眼角的淚水，都在不知不覺中乾涸了。

只要再一會兒——我邊想邊下床。

只要再一會兒。

我這樣盼望著，面對鏡子綁上髮繩，穿上春天的套裝，打開公寓的門，眺望一下眼前的東京風景。我爬上車站階梯，穿過自動閘門，搭乘擁擠的通勤電車，越過乘客頭頂看到的一小片藍天晴朗無雲。

我靠在電車門上望著車外，大樓窗戶、車子、天橋，到處都是人。一百人搭乘的車廂，載送一千人的列車，一千班像這樣的列車行駛的城市。望著這些景象，我盼望著，只要再一會兒。

在這個瞬間，沒有任何前兆，我遇見了她。

我突然遇見他。

隔著窗玻璃、在伸手可及的距離並行的電車內，我看到「那個人」。他直視著我，和我同樣驚訝地張大眼睛。我終於明白一直盼望的是什麼。

她在距離我一公尺左右的前方。雖然連名字都不知道，我卻明白是她。然而彼此的電車漸行漸遠，另一列電車滑入我們之間，我便看不到她的身影。

不過我終於知道自己的願望是什麼。

我只希望和妳再多待一會兒。

我只希望和妳再多相處一會兒。

我從停下來的電車衝出去，跑到街上尋找她的身影，而且確信她也在找我。

我們曾經相遇。不，或許只是錯覺、只是類似夢境的先入之見，也可能是前世之類的妄想。但我——我們，都想要和對方再多相處一會兒。即使只有一會兒，也想和那人在一起。

我跑在斜坡上想著，自己為什麼要奔跑？為什麼要尋找？我大概已經找到答案了。雖然已經不記得，但整個身體都知道答案。我繞進狹小的巷子，道路突然中斷，前面是階梯。我走到路的盡頭往下看，看到他在那裡。

我忍住想要奔跑的衝動，緩緩爬上階梯。帶著花香的風拂來，把我的西裝吹得鼓起來。她站在階梯上，但我無法直視她的身影，只能以眼角捕捉她的動靜。她開始走下階梯，腳步聲輕輕踏入春天的大氣中。我的心臟在肋骨內劇烈跳動。

我們垂著視線接近彼此。他什麼都沒說，我也什麼都說不出口。在無言當中，我們即將擦身而過。在這一瞬間，我覺得心臟好像在體內直接被抓住，全身彷彿被勒緊般痛苦。我強烈感覺到這是不對的。我們竟然不認識彼此，這絕對是錯的，違反了宇宙構造、生命法則之類的東西。所以——

所以，我回頭了。她也以同樣的速度看向我。以東京的街道為背景，她張大眼睛站在階梯上。我發現她的長髮是用夕陽色彩的髮繩綁起來。我的身體微微顫抖。

終於見到了，終於見到他。這樣下去我都快哭出來了。我剛這麼想，就發現自己已經哭了。他看到我的淚水便露出笑容，我也邊哭邊笑。我深深吸入充滿預感的春天空氣。

然後，我們同時開口。

就像喊著「一、二、三」抓準時機的小孩子，異口同聲地說：

——你的名字是？

後記

我原本沒有想到會寫這本小說。

這樣說或許對讀者很失禮，不過我一直相信《你的名字。》最好的表現形式是動畫電影。

這本《你的名字。》是我導演的動畫電影（二〇一六年夏天上映）的小說版，也就是電影小說化。不過，事實上在寫這篇後記的階段，電影還沒有完成，距離完成大概還要三個月左右。也就是說，小說會比電影先問世。所以，如果問我電影和小說何者才是原著，回答起來會有些複雜。

在寫作本書的過程中，我也得到了一些新的印象，譬如三葉的個性原來還滿隨便的，或是瀧真的很不擅長應付女人之類的。這對於電影的後期錄音（由演員、配音員配音）應該也會產生影響。像這種互換禮物般的電影製作方式或小說寫作方式，對我來說是第一次嘗試，說真的感覺非常愉快。

小說和電影在故事上沒有太大差別，不過敘事方式有些差異。小說是以瀧和三葉的第一人稱，也就是只從這兩人的觀點描述，他們不知道的事情就無法描述出來。另一方面，電影基本上是第三人稱——也就是鏡頭映出的世界，所以有許多場景可以名副其實地用俯瞰角度來描述瀧和三葉以外的人。電影和小說各自都可以獨立觀看，但由於不同的媒體特性，因此必然會產生互補。

小說是以第一人稱寫作，電影卻是集合許多人的力量共同完成的工程。《你的名字。》的腳本是和東寶（電影公司）的《你的名字。》團隊，經過幾個月的時間一再討論而成。製作人川村元氣的意見總是很犀利。雖然我有時會偷偷覺得他滿輕浮的（他會用很輕鬆的口吻說出很重要的事），不過我覺得是他一直引導著我們。

此外，這本小說是在自家和電影製作工作室各花一半左右的時間寫成。我認為這本小說能夠完成，必須歸功於電影的作畫監督安藤雅司。並不是因為我和安藤討論過小說，而是安藤為了電影犧牲奉獻的努力，讓我在動畫電影超級忙碌的製作現場，也能找出安心寫小說的時間。

還有要提到負責電影音樂的 RADWIMPS 的樂曲。小說中雖然聽不到背景音樂，但這本小說受到 RADWIMPS 的歌詞世界很大的影響。電影《你的名字。》中，音樂扮演特別重要的角色。我非常希望大家能夠去比較電影、小說各自的呈現手法。（既然要比較就得去看電影了，希望大家能夠去觀賞！）

後記一開始雖然提到這個故事「最好的表現形式是動畫電影」，不過，這是因為電影版就如剛剛所說，是集結許多人的才能完成的華麗結晶。我相信電影具有遠高於我個人能力的地位。

然而，我最終還是寫了小說版。

我的心情不知何時變成了「想寫小說」。

理由是我覺得或許在某個地方，有著像瀧和三葉這樣的少年少女。這個故事雖然是虛構的，但在某個地方或許有和他們擁有類似經驗、類似心情的人。即使失去重要的人或場所、仍舊決定要繼續掙扎的人，相信自己一定能夠遇見未曾相逢的某樣東西而持續伸出手的人。我覺得這樣的想法，應該用有別於電影華麗風格的深切文字來描述，所以才寫出這本書。

非常感謝各位拿起這本書，並且閱讀它。

二〇一六年三月 新海誠

解說

「請你幫我寫解說。」

新海誠在 CoMix Wave Films 的會議室對我這麼說。

面對突如其來的邀約，我感到不知所措地回答：「解說應該由第三者客觀地來寫才對。」

我是《你的名字。》動畫電影的製作人，因此無法擁有客觀的觀點。

然而新海誠不願退讓，一再要求我幫忙。

幾個月後，我讀了小說。這是很傑出的作品。

而我大概也了解到他請我寫解說的理由。

他並不是要我來「解說」。依我的理解，他是想要找身邊的人來「暴露」這本小說誕生的經過。

兩年前，我和新海誠決定要製作長篇電影。

當天晚上，我們在有樂町高架橋下的平價居酒屋喝酒。

我點了High Ball，他點生啤酒，兩人邊喝邊聊。

《星之聲》、《雲之彼端，約定的地方》、《秒速五公分》，新海誠在這些作品中，描述了少年少女在美麗而浩瀚的世界中擦身而過的愛情故事。我告訴他，我希望最新的作品是「新海誠的精選輯」。

希望還不認識新海誠的人，能夠在接觸他的世界後得到驚喜，就如我十四年前看了《星之聲》受到的震撼；也希望一路欣賞新海誠作品的人，能重新認識他的才華與成就。

另外，新海誠對我說，他希望能夠在新作中盡可能增加音樂性（他的作品總是搭配很棒的音樂）。我問他有沒有喜歡的音樂人，他便提出一個樂團的名字。我原本就跟這個樂團的代表很熟，就趁著酒醉的氣勢傳了簡訊。

『打從你的前前前世，我就開始尋找你的身影。』

半年後，我收到RADWIMPS的野田洋次郎寄來的主題曲《前前前世》的Demo。這首曲子真的很棒，對RADWIMPS來說應該也是劃時代的作品。

『我因為太興奮了，在傾盆大雨中全身淋濕地聽曲子。』

新海誠傳來的LINE不知為何讓我差點落淚。

在充滿各種相逢的這個世界，想要遇見命中註定的人卻相當困難。即使遇見了，又有誰能證明對方就是命中註定的人？

以無限廣闊的世界為舞台，描繪擦肩而過的兩人的故事——新海誠和野田洋次郎。

兩人彷彿是在命運的引導下相逢，產生奇蹟般的合作（雖然開端是在高架橋下的居酒屋）。

新海誠描繪出故事和分鏡，由野田洋次郎接收之後擴展為音樂，然後結合在一起成為這本小說。透過寫作小說，即將完成的電影得到更豐富的內涵。這是多麼幸福的電影製作過程。

「我這次不寫小說。」

新海誠原本這樣宣告，但因為野田洋次郎的音樂而提筆寫作。

小說沒有聲音，但從小說中聽得到 RADWIMPS 的曲子。
我相信這是極少數由命運相逢而誕生的小說。

二〇一二年，我寫了《如果這世界貓消失了》。
在那本小說中，我描寫一位邁向死亡的郵差。
明明是在書寫死亡，不知不覺卻成了記憶的故事。
對人類來說，最殘酷的是什麼？我一直以為當然是死亡。
但也有比死亡更殘酷的事。
那就是活著卻忘記心愛的人。

人類的記憶究竟存放在哪裡？
是大腦突觸的連結形式本身嗎？眼球和指尖是否也有記憶？或者某處存在著濃霧般不定型、不可見的精神體，而記憶就存放在那裡？被稱作心靈、精神或靈魂的東西，是否像存放作業系統的記憶卡，可以隨插隨拔？

在本書中，瀧曾經如此自問。
人是不可思議的生物。
我們會忘記重要的事，卻記得一堆無關緊要的瑣事，無法像記憶卡一樣，留下必要的東西，只消除不需要的部分。我一直思考其中的理由。
不過讀了這本小說之後，我覺得稍微能夠了解了。
人類會忘記重要的事情。
但透過試圖抗拒遺忘的掙扎而獲得生命。
電影《你的名字。》描繪在這個殘酷的世界「美麗地掙扎」的男女愛情故事。這部電影即將完成。無疑地，「新海誠的精選輯」——不，我換個說法，「新海誠的最佳傑作」即將誕生。
此刻我和閱讀這本小說的讀者懷著同樣的心情，由衷期待見到這部電影。

川村元氣（電影製作人・小說家）

國家圖書館出版品預行編目資料

你的名字。/ 新海誠作；黃涓芳譯. -- 初版. --
臺北市：臺灣角川，2016.12
面；　公分

譯自：小說 君の名は。
ISBN 978-986-473-454-2(平裝)

861.57　　105021069

輕文學 Light Literature

你的名字。

原著名＊小説 君の名は。

作　　者＊新海誠
譯　　者＊黃涓芳

2016年12月15日　初版第1刷發行
2024年5月3日　初版第32刷發行

發 行 人＊台灣角川股份有限公司
總　　監＊呂慧君
總 編 輯＊蔡佩芬
主　　編＊李維莉
設計指導＊陳晞叡
美術設計＊吳佳昫
印　　務＊李明修（主任）、張加恩（主任）、張凱棋、潘尚琪

台灣角川

發 行 所＊台灣角川股份有限公司
地　　址＊104台北市中山區松江路223號3樓
電　　話＊（02）2515-3000
傳　　真＊（02）2515-0033
網　　址＊www.kadokawa.com.tw
劃撥帳戶＊台灣角川股份有限公司
劃撥帳號＊19487412
法律顧問＊有澤法律事務所
製　　版＊尚騰印刷事業有限公司
I S B N＊978-986-473-454-2